내가 내 마음대로 안 돼

이렇게 살 수도 이대로 죽을 수도 없을 때

내가 내 마음대로 안 돼

한기하 지음

은

삶이 더 이상
빛나지 않는다고 느낄 때

기억하고 싶지 않은 하루가 있다. 그건 종종 최악의 하루가 아니라, 무의미한 하루다. 내가 나를 방치하고 있다는 징후. 빨래는 세탁기 안에 쌓여 있고 설거짓거리도 싱크대를 가득 채우고 있다. 쓰레기통에 쌓인 휴지는 툭 건드리기만 하면 와르르 무너질 것 같다. 그러나 나는 누워 있다. 알 수 없는 권태와 불안으로 누워 있다. 아무도 내게 일어나라고 하지 않지만 나는 그 명령으로부터 도망친 채 누워 있다. 도대체 어쩌다가, 왜 이렇게 되었을까.

　어떤 이는 하루 정도야 아무것도 하지 않고도 잘만 산다. 아예 죄책감을 느끼지 않기도 한다. 하지만 또 어떤 이는 끊임없이 죄책감을 느끼면서도 명청하게 일주일을 보낸다.

　우리는 정말로 어떻게 살고 있을까. 아무것도 안 했다고 말하지만 사실은 그렇지 않다. 스트레스와 무력감에 시달리고, 무의미하다고 자조하면서도 의미 없는 행위를 했을 뿐이다.

그 시간 속에 무엇을 더 넣을 수 있었을까? 내가 진정으로 바라는 일들로 그 내용을 바꿀 수 있을까? 충분히 그럴 수 있다. 하지만 그보다 먼저 깨달아야 하는 건, 내 하루 안에서 내가 한 순간도 나로서 존재하지 않았다는 점이다. 나는 그 하루에 없었다. 나는 그 하루를 기억하지 않으려 했다. 나는 분명히 존재했는데 말이다.

여기에 내가 생각하는 무기력의 핵심 증상이 있다. 무기력한 사람은 분명히 무언가를 할 수 있는데도 하지 않는다. 그리고 자기 자신이 부재한 상태로 헛되이 시간을 보낸다. 그러면서도 여전히 불안에 떨면서 도망친다. 그렇다면 우선은 내가 무엇을 할 수 있는지 고민할 게 아니라, 내가 얼마나 나 자신이 부재한 채로 이 하루를 보내고 있는지를 직시해야 한다.

흙과 모래를 만지며 뛰어놀던 시절, 우리는 분명 아무것도 아닌 일에 즐거워했고 스스로 온 힘을 다해 달리곤 했다. 우리는 언제부터 스스로를 잃었을까. 선생님이 주신 사탕 하나로도 세상 행복해서 아무것도 바라지 않았던 그 마음을 어쩌다 잃어버렸을까. 그건 우리 잘못이 아닐지도 모른다. 세상이 그런 마음을 조금씩 조금씩 사라지도록 만들었을지 모른다. 그러나 세상이 알아주지 않아도, 실마리는 여전히 우리 안에 있다. 이건 미사여구가 아니라 사실이다. 그렇다면 그 안에서 어떻게 나를 다시 일으킬 수 있을까. 어떻게 하면 나 자신을 되찾을 수 있을까.

우리는 스스로에게 가능성이라는 실마리를 주고 삶에서 의미를 발견하는 여정을 떠나야 한다. 한 가지 분명한 건, 하기 싫은 일에서 벗어난 뒤에도 삶은 여전히 그 자리에 있다는 사실이다. 무언가 하지 않으면 결코 달라지지 않는 삶이 언제나 당신과 함께한다. 아무리 소중하게 생각하는 것이더라도 작별해야 하는 때가 있다. 우리는 언젠가 스스로 어른이 되어 홀로 살아가야 한다. 그건 정말로 어렵고 무서운 일이다. 어쩌면 우리는 그 사실을 똑바로 쳐다보기 싫어서 차라리 무력하게 아무것도 하지 않는 편을 선택했을지도 모른다. 이제 우리는 각자 스스로가 되어 세상 앞에 선다. 그때 진짜 문제가 우리 앞에 나타난다.

우리는 삶을 스스로 살아내야 한다.

차례

무의미한
하루의 포착

알 수 없는 불안에서 도망쳐 하루 종일 아무 일도 안 하는 날. 정말로 그런 날이 있는지 알고 싶을 땐 스스로에게 물어보면 된다. '나 어제 뭐 했지?' 하루나 이틀 전의 일조차 기억나지 않는다면, 나는 내 인생의 하루를 그렇게 지나친 것이다. 어떻게 보면 기억이 나지 않는 것도 당연하다. 내가 그 하루를 기억하기 싫어하기 때문이다. 나는 지난날을 의식적으로 떠올리지 않으려 하고, 근거 없는 희망을 지닌 채 내일엔 무언가 대단한 일이 있기를 바란다. 만약 이런 생활이 마음에 들지 않는다면 무엇부터 해야 할까. 그날에 정말로 무엇을 했는지를 떠올려야 한다. 괴로울지 모르지만, 사실 들춰 보면 생각보다 많은 걸 했을 수도 있다. 단지 그게 전부 쓸모없는 일이라 떠올리고 싶지 않았을 뿐이다.

그런 날들로부터 어떻게 나를 다시 일으킬 수 있을까. 어떻게 하면 나 자신을 되찾을 수 있을까. 나는 정말로 어떤 습관을 가진 인간일까. 나는 언제 어떻게 달리 될 수 있었을까. 이 알을 깨지 않으면, 우리는 변화의 가능성을 알아채더라도 뒤돌아 도망치기만 할 것이다. 세상이 내게 하는 요구를 무시하고 이전에 겪었던 상처 같은 것들을 지워보자. 그러고 나서 내 안에 존재하는 나 자신의 실마리를 발견해보면 어떨까.

얼른 일어나 영어 단어를 외우고 공무원 시험 준비를 하라는 이야기가 아니다. 자신의 실마리와 하루의 빈 공간을 발견하고 그 공간을 채워야 한다. 우리가 하루를 공허하게 보내는 이유는, 채우기 싫은 것들에만 주목했기 때문일지도 모른다. 그렇다면 그 하루를 무엇으로 어떻게 채울 수 있을까. 그건 스스로를 실험함으로써 알 수 있다. 처음으로 술을 마신 날에야 우리는 자기 주량을 안다. 스무 해를 살아도 실제로 술을 마셔보지 않으면 주량을 알 수 없다. 철학자 베르그손은 이렇게 말했다. "수영을 배우지 못한 사람은 물에 뜰 수 없고, 물에 뜨지 못하는 사람은 수영을 할 수 없다. 이 역설을 파훼하는 방법은 그 순환을 넘어 직접 세상에 몸을 담그는 것이다." 얕은 곳에서부터 천천히, 물의 온도에 우리의 피부가 놀라지 않도록 마음을 쓰면서.

다시 말하지만 하루를 공무원 시험 준비나 토익과 토플, 각종 취업 준비 같은 것들로 무조건 채워야 한다고 생각하지는 말자. 그냥 살펴보는 거다. 그냥 천천히 구체적으로 내가 어떻게 하루를 살고 있는지 살펴보자. 그러면 죄책감보다도 어떤 미안한 마음 비슷한 게 나를 부른다. 자책하지 말고 천천히 바라보자. 스스로를 질책하거나 누군가에게 잘못을 고백할 필요는 없다.

우선은 멍청한 하루를 포착해야 한다. 천천히 눈을 떴을 때부터 내가 무엇을 했는지를 시간 단위로, 혹은 분 단위로 적어보는 것도 나쁘지 않다. 나는 일어나서 휴대폰으로 유튜브만 봤을 수도 있다. 자리에서 일어나 컴퓨터 앞에 앉고 식사를 아침에서 점심으로 미룬다. 배가 고프다는 몸의 명령에 이끌려 겨우 무언가를 먹고, 해야 할 일이 쌓여 있는 걸 알면서도 다시 컴퓨터 앞이나 침대 위로 도망간다. 그걸 몇 사이클 거치면 하루가 간다.

그 사이클 안에서 내가 정말 무슨 행동을 했고 어떤 영상을 봤는지 한번 생각해보자. 막상 떠오르지 않아서 놀랄지도 모른다. 나는 분명히 무언가를 봤고 무언가를 했다. 아무것도 하지 않았다고 말하지 말고, 어떠어떠한 일을 했다고 똑똑히 적자.

그리고 그 많은 일을 하는 동안 한순간도 '나'로서 존재하지 않았다는 걸 인정하자. 이건 누가 대신 살아준 하루가 아니다. 내가 스스로 하루를 그렇게 보냈다.

텅 빈 하루를 돌아보자. 오늘은 그 하루를 무엇으로 채울 수 있을까. 생산적인 일이 무엇인지 논쟁을 벌일 필요는 없다. 하루 종일 유튜브만 보더라도 그걸 의식적으로 보고 내가 그걸 왜 보는지 생각을 정리해 적어본다면 그것도 괜찮다. 그러다 보면 콘텐츠를 소비하는 데 그치지 않고 그들처럼 직접 무언가를 만들고 싶어질지도 모른다. 여전히 적을 수 없는 걸 무의미하게 소비하고 있다면, 다른 걸 소비해야 한다고 깨달을 수도 있다.

당장 무엇을 채워야 한다는 강박을 버려라. 인간은 누구나 딴짓을 한다. 정도가 지나치지 않은 딴짓은 오히려 우리를 쉴 수 있게 해준다. 하지만 내가 얼마나 스스로를 방치하고 있는지 깨닫는 건 중요하다. 마음속에 부채 의식이 쌓이고 불안에 떨고 있다면, 내 무기력의 주기를 알고 그 패턴을 알아보는 것도 나쁘지 않다.

뭐라도 해야만 나 자신을 구할 수 있다. 이리저리 고민할 시간에 설거지부터 하고 씻고 가방을 싸고 어떻게든 나가면, 무언가를 했다고 믿으며 집으로 돌아올 수 있다. 그러나 하나를 방치하기 시작하면 이내 모든 게 연달아 방치된다. 그 방치된 일

사이에는 아주 사소한 것조차 하지 않는 개인이 있다. 그를 넘어서야만 한다. 우선 사소한 것부터 시작해야 한다. 가볍게 운동을 할 수도 있고, 자전거를 타고 나들이를 나갈 수도, 영화관에서 홀로 영화를 볼 수도 있다.

공부 못하는 것들이 책상 정리나 한다는 핀잔 같은 것에서도 자유로워져야 한다. 오히려 책상 정리처럼 사소한 일에 능숙해져야 한다. 하다 보면 정리도 늘고, 씻는 것도 늘고, 설거지도 는다. 하다 보면 재빠르게 밖으로 나갈 수도 있다. 불안에 떨며 잠들지 말고, 내 하루를 돌아보고, 나를 위해 기도하고, 그런 뒤에는 죄책감도 버려라. 너무 늦지 않았다면 우리에게는 여전히 내일이 있다. 거짓 희망으로 남아 나를 위로해주는 내일이 아니라, 내가 직접 몸을 움직여 무언가를 하는 내일이다. 그게 여전히 어렵다면, 적어도 내 하루에 빈 공간이 있었다는 사실을 인정하기만 해도 된다. 괜찮다. 잘못된 건 없다. 그런 공백이 내 하루에 존재했고, 내가 그 하루 동안 도대체 뭘 했는지 이제 우리는 알기 때문이다.

✦ ✦ ✦
헐거워진 마음을 마주하는 일

종종 나는 불만스럽다. 사람들이 늘 자기 능력보다 덜 하고 있다고 생각한다. 그래서 그들을 힐난하곤 한다. 하지만 이 불만은 사실 나에 대한 불만이기도 하다. 내 헐거운 하루의 책임을 다른 이에게 떠넘기는 것이다.

예전에는 헐겁게 살아도 괜찮았다. 술을 마시며 멍청한 소리나 지껄이면 모든 게 해결되었다. 하지만 그런 나날도 점차 사라진다. 누구의 삶이 더 무거운지를 가지고 겨루며, 상대가 더 노력할 수 있었다며 비난하기도 한다. 삶에 웃음기가 가신다. 스스로를 잃어간다는 생각이 든다. 든든한 사람이 되기를 바랐지만, 그때 그 시절의 자신만만함과 느긋함이 희미해진다. 분명히 나는 살면서 무언가를 잊어간다. 아무리 마음을 다잡아도 원래의 나로 남는 건 불가능하다. 그렇다면 다른 방식으로의 변화가 필요하다. 어디를 축으로 삼아 돌아서야 할까. 그걸 모르면 자기 자신을 잃고 또 주변의 많은 것도 함께 잃어버릴 것이다.

헐거운 하루를 타인에게 떠넘기는 이유는 타인을 바로잡으면서 나를 바로잡고 싶기 때문이다. 그러나 나는 타인의 옷에 달린 단추를 잠글 수 없다. 내가 잠가야 할 단추는 다름 아닌 내

가슴에 있다. 그러나 그 사실을 알면 알수록, 네 단추는 네가 잠가야 한다고 소리친다. 그 말이 진심이라면 나는 그 말을 하는 대신에 나를 돌아봐야 한다.

하지만 그러지 않았다.

힘들기 때문이다. 헐거운 하루를 잠그는 일은 너무나 어렵다. 그리고 이미 모든 사람이 그 일에 매달리고 있다. 우리는 힘겹게 애쓰고 있지만, 아직 결과는 나타나지 않았다. 그래서 타인의 힐난이 듣기 싫은 것이다. 도리어 우리는 열심히, 잘 하고 있다고 소리치고 싶다. 동시에 당신의 일도 진척이 없지 않냐고 소리치고 싶은 심정이다. 그러나 내 노력과 성과를 열심히 설파하고 나서도, 삶은 오히려 그 말 때문에 더욱 누추해진다. 나는 왜 나 자신을 변호하며 타인을 깎아내렸을까. 내 하루는 한층 더 헐거워진다.

당연하게도 우리는 무엇이든 할 수 있다. 그러나 나는 스스로를 넘어설 수 있는가. 단순한 귀찮음과 안이함으로 너무나 쉽게 자기 일을 내팽개치지 않았는가. 종종 내가 쓰는 글도 그렇다. 내 글은 너무나 헐겁다. 그 헐거움을 조금의 잔재주와 표현으로 덮고 있을 뿐이다. 내가 허투루 보낸 그 하루 안에 하나의 문장이라도 더 읽고 사유할 틈은 없었을까. 무언가를 하지 않은 대신 나는 무엇을 했을까. 사람들과 만나서 벌였던 일들을 후회하지는 않는다. 그러나 계획을 세우지 않아도 열렬하고 즐겁게 매달릴 수 있는 일과, 하기 싫어도 이를 악물고 달려들어야 하는 과제 사이에 수많은 하루가 존재했다. 나는 분명 내가 원하는 대로 무엇이든 할 수 있을 텐데, 적어도 지금보다는 더 나은 존재가 될 수 있을 텐데, 왜 머무르고만 있을까.

그건 나라는 인간이 바로 그 정도의 인간이기 때문이다.

이 판단은 반성의 시작이어야 하지 반성의 끝이어서는 안 된다. '그 정도의 인간'이라는 말이 포기의 말이 되면 안 되고 '더 나은 인간'이라는 말이 단순한 위안의 말이 되어도 안 된다. 지금의 나로 돌아와 오늘의 헐거운 하루를 조여야 한다. 물론 세상엔 즐겁게 할 수 있는 일, 깔깔깔 웃으면서 할 수 있는 일이 있다. 그러나 도저히 웃지 못할 때도, 괴로운 일에서 도망치려 해서는 안 된다. 이 하루는 여전히 내 하루이기 때문이다. 내 헐거운 하루는 어떤 방식으로 흘러갈까. 내가 잠가야 할 단추는 어디에 있을까. 단추를 힘겹게 잠그고 누군가에게 위로가 될 수 있는 사람이기를 바랐다. 그러지 못했던 이유는, 내가 보통 사람이기 때문이다. 이 진단은 이야기의 끝이 아니라 이야기의 시작이다.

여기까지 도달했다면, 잠들어 있는 내가 도대체 어떤 모습인지를 알 것이다. 우리는 깨어나고 싶다. 내가 말하는 깨어 있는 삶이란 남들처럼 공무원 시험 같은 걸 준비하는 삶이 아니다. 나는 그저 나로 있고 싶다. 세상의 요구는 둘째로 치더라도, 나는 온전한 나 자신조차 되지 못하고 있다. 내가 어떤 방식으로 잠들어 있는지 깨닫고, 또 그런 나를 깨우고 싶다는 생각을 하게 된 것만으로도 우선 숨을 돌려도 좋다. 스스로 할 수 있는 것부터, 하고 싶은 것부터 시작하면 된다. 깊은 허무에 빠져 있을 때 계속해서 불안을 느낀다면, 그건 나를 부르는 내가 있다는 뜻이다. 도대체 그 나는 누구일까.

✦ ✦ ✦
내가 나를 부른다는 것

권태와 무기력, 그리고 계속해서 도망치고 싶은 불안은, 그런 일을 하나씩 할 수 있는데도 하지 않으려 하는 우리의 본성이다. 그러나 우리는 여전히 불안해할 줄 안다. 내가 나를 부르는 것이다.

가능성은 여태까지 이룬 성과에서 오는 게 아니라, 지금 여기 있는 나 자신의 존재에서부터 시작한다. 지난날의 성과는 앞으로의 미래를 말해주지 않는다. 그건 창조의 영역에서 더 명확하게 드러난다. 창조하는 사람은 기존의 길을 따르는 대신 자신의 상상력을 이용해 자신의 길을 만들어 가기 때문이다. 색칠은 쉬워도, 그 색칠을 위해 하얀 도화지에 검은 선으로 그림을 그리는 건 당혹스럽기 마련이다.

철학자 하이데거는 불안이 모험가에게서 더 많이 나타날 것이라고 말했다. 바로 위와 같은 이유에서다. 창조자는 사회나 타인이 만들어놓은 길이 아닌 전혀 새로운 길로 나아가야 하기에, 그 과정에서 순전히 자기 자신의 가능성에만 의존해야 하기 때문에 불안해한다. 그 불안이 부르는 것은 진정으로 원하는 나 자신이다. 이것이 내가 나를 부른다는 말의 의미이다.

아무것도 하지 않으려 하는 사람을 비난할 수는 없다. 그건 자유다. 무기력에 빠진 사람을 어르고 달래다가, 어느 순간엔 결국 머무름조차 그의 권리라는 걸 인정하며 입을 다물어야 할지도 모른다. 그러나 불안에 떠는 사람은 이미 알고 있다. 스스로를 방치할수록 자기가 더 괴로워진다는 사실 말이다. 그렇다면 위대하지만 사소한 발걸음을 내딛는 것이다.

하지 않으면 무엇도 되지 않는다. 내가 별로여서가 아니다. 문제는 내가 지금의 상태에 머물러 있기 때문에 발생한다. 삶이 권태로울 때 우리는 알 수 없는 허기를 느끼며 아무거나 집어 먹곤 한다. 아무렇게나 지은 밥이든 컵라면이든 신경 쓰지 않는다. 그러나 자신을 먹여 살리는 인간은 스스로 요리를 한다. 그러려면 직접 현관문을 나선 뒤에 장을 보고 레시피를 찾아보고 물이 끓기를 기다리며 적당한 때 정확하게 재료를 넣어야 한다. 그게 어려워 보인다면 가장 쉬운 것부터 해보는 게 좋다. 그런 일을 하나씩 해낼 때, 나는 내 가능성을 스스로 만들고 새로운 하루를 창조했다는 걸 깨달을 수도 있다. 임상 심리학자들은 한 해의 계획을 짜기 힘들면 한 달의 계획을 짜고, 한 달의 계획을 짜기 힘들면 일주일의 계획을, 일주일이 힘들면 하루의 계획을, 하루가 힘들면 시간 단위의 계획을 짜고, 그것도 힘들면 분 단위의 계획을 짜보라고 말한다.

그래, 이제 뭘 할까. 앞으로 1분 동안 나는 무엇을 할 수 있을까. 저기 널브러진 빨랫감을 세탁기에 넣을 수 있다. 그게 가능하다는 사실을 알면, 책상 위에 쌓인 담뱃갑을 쓰레기통에 넣을 수도 있다. 그걸 할 수 있다면 설거지를 하고, 설거지를 하고 난 다음엔 세탁기의 버튼을 누를 것이다. 그 다음에는 무기력하게 앉아 있어도 빨래가 다 되었다는 알람 소리를 듣게 된다. 이제 그걸 널어본다. 그러다 보면 화장실이 생각보다 더럽다는 걸 알게 되고 솔을 집어 락스를 뿌리고 본격적으로 청소를 시작할 수도 있다. 그러다 보면 락스가 떨어졌다는 사실을 알고 그걸 사러 나가고, 나가는 김에 지금 필요한 물건이 무엇인지 확인해 그것들을 한꺼번에 다 사서 돌아올 수도 있다. 밖에서 떡볶이나

라면을 사 와도 좋다. 그리고 딱 한 번만, 음식을 먹고 설거지를 바로 해보자. 그것까지 하고 나면 말끔해진 집 안에서 섬유 유연제 냄새가 난다는 걸 깨달을 수도 있다. 이제 집 안의 문제는 끝났다. 나가서 산책을 해보자. 내가 나를 기다리는 걸 깨닫는다. 나는 가능성의 존재다. 내 가능성은 하지 않으면 일어나지 않았을 것들을 가능하게 한다.

자신의 가능성을 하나씩 알아간 뒤에 우리는 싸울 수도 있다. 어떤 아이들은 수능을 망쳤다고 투신한다. 오직 그 길만이 그들을 온전한 인간으로 대우받게 한다고 믿도록 사회가 가르쳤기 때문이다. 그러나 그들의 고유한 가능성을 사회가 정해서는 안 된다. 수능은 그들의 가능성이 아니다. 그러나 우리는 종종 다른 사람의 가능성을 쉽게 판단하려 든다. 때가 됐으니 결혼하라고 말한다. 공무원 시험을 보라고 말한다. 그게 괴로워서 우리가 이렇게 되었는지도 모른다. 할 수 있다면 그것에 저항해라. 설사 다른 사람들의 충고가 사실이라 하더라도, 나 자신은 여전히 어딘가에서 나를 부른다. 손끝에서 여러 이야기를 지어내는 작가의 가능성처럼, 나는 나만의 가능성을 지니고 있다. 우리는 그걸 안다. 내가 나를 기다린다는 말은, 저 너머에서 아직 실현되지 못했지만 오직 나만이 이룰 수 있는 바로 그 나 자신이 나를 부른다는 뜻이다. 우리는 그 자체로 완전하지 않다. 왜냐하면 아직 무엇이 되지 못했기 때문이다. 미래의 나를 타인이 정하게 하지 마라. 그건 내가 정하는 것이다.

✦ ✦ ✦
무기력 구별법

"나는 아무것도 하지 않는 내가 좋다"라고 이야기하는 사람이 있다. 그렇게 주장하는 사람에게 우리는 무엇을 해줄 수 있을까. 나는 그 사람이 '디오게네스'라면 조용히 그의 삶을 인정해야 한다고 생각한다.

디오게네스는 고대 그리스의 대표적인 견유大儒주의 철학자로, 갖가지 기행을 벌이며 살았다. 특히 디오게네스와 알렉산더 대왕이 만난 일화는 유명하다. 하루는 알렉산더 대왕이 찾아와 그에게 소원을 들어주겠다고 말했다. 그러자 디오게네스는 "태양을 가리지 말고 비켜달라"라고 답한다. 그는 자신이 추구하는 삶을 위해 아무것도 바라지 않고자 했다. 세상을 가진 알렉산더 대왕이 소원을 들어준다는데 말이다.

알렉산더 대왕의 선물을 세상이 요구하는 가치라고 본다면 그걸 거부하는 디오게네스는 무기력을 예찬하는 사람이다. 그렇다. 무기력을 예찬하는 사람들이 있다. 하지만 그 예찬이 정확하다면 그들은 누구보다 반항적이고 치열하게 사는 사람들이다. 그들은 자신의 삶에 만족하며, 심지어 자기만의 사상과 가치를 지니고 살아간다. 그들의 일화는 세상에서 배척되기는커녕 오히려 영감을 준다. 그들의 냉소는 우리가 생각하는 무기력한 냉소가 아니라, 그 자신의 진정성과 철학으로 무장된 냉소다.

'히피'와 '욜로you only live once' 같은 삶의 태도 역시 어떤 점에선 이와 비슷한 기원을 가지고 있다. 다른 사람들이 가리키는 대로 살지 않는 것. 그들은 자신의 삶을 대하는 데 뚜렷한 태도와 입장을 가지고 있다. 결국 무기력을 찬양하는 삶의 본래 모습은 세상의 가치에 반항하고 자신의 내면에 집중해 그걸 추구하는 삶일지도 모른다. 그런 점에서 디오게네스처럼 무기력을 예찬하는 삶은 사실상 우리가 흔히 말하는 무기력한 삶과 다르다. 오히려 그 반대다.

우리는 디오게네스의 삶과, 책임을 지지 않고 방구석에서 유튜브만 보는 삶을 구별해야 한다. 생각 없이 유튜브를 보는 삶과, 새로운 콘텐츠 개발을 위해 시장 조사를 하려고 유튜브를 보는 삶도 구별해야 한다. 무엇을 추구할 때 반드시 타인의 인정을 받을 필요는 없다. 스티브 잡스는 스탠퍼드 졸업식 연설에서 캘리그래피를 공부한 자신의 경험을 말했다. 남들 눈에는 쓸모없는 취미처럼 보였을 캘리그래피가 결국엔 컴퓨터를 만드는 데 큰 도움이 되었다는 이야기였다. 타인을 설득시킬 수 없더라도, 자신의 삶을 이해하고 그에 관해 떳떳하게 말할 수 있어야 한다. 겉으로 보기에 헛되이 시간을 보내고 있는 이 순간, 나는 도대체 무엇을 하고 있는지를 물어야 한다. 그 끝에 납득할 만한 대답이 없다면 나는 스스로를 방치하고 있는 것이다.

무기력한 삶에는 반드시 불안과 죄책감이 따라온다. 스스로를 방치하는 사람은 그 사실을 잘 안다. 반면에 무기력을 타파하고 자신의 삶을 쥐고자 하는 사람은 그 불안과 죄책감을 떨치고 나아가려 한다. 그런 점에서 '진정으로 무기력을 예찬하는' 사람들은 이미 자신의 길을 가고 있다. 그들의 불안은 무엇을 하지 않아서 생기는 게 아니라, 자신이 이뤄나가는 삶 자체를 더 낫게 발전시키는 과정에서 발생할 뿐이다.

다시 디오게네스의 삶을 생각해본다. 태연히 강가를 부유하는 것처럼 보이는 오리가 수면 아래에서 발을 끝없이 구르듯, 그도 자신의 삶을 위해 발을 구르고 있었다. 잠룡의 삶과 이무기의 삶은 조용하다. 하지만 그들은 무기력한 삶 대신 자신의 가능성을 위해 이를 갈며 용의 삶을 꿈꾼다. 그들의 정적인 고요함은 분명히 우리가 타파해야 할 무기력과는 다르다.

그리고 나는 말한다. 이무기가 바라보는 '용'은 무엇인가. 9급 공무원이고 7급 공무원인가? 검사며 변호사며 의사며 변리사

인가? 만약 그게 당신을 힘들게 한다면, 먼저 용이 되지 않아도 좋다. 디오게네스와 달리 우리에겐 철학이라는 것 자체가 없을 수도 있다. 이유는 당연하다. 세상이 강요하는 알렉산더 대왕의 가치 아래서 우리는 스스로의 발전을 미뤄왔다. 음악을 듣고 영화를 보면서도, 다른 사람의 여러 취향을 좇아서 살아왔다. 그러나 그 취향 아래 있는 '나'라는 인간의 모양은, 분명히 다듬어지지 않은 채로 있다. 소비하는 삶 아래에서 '나'라는 인간의 성향과 모양은 분명히 무언가가 되기를 기다리고 있다.

무엇이 될지 스스로 찾아내는 건 분명히 어렵다. 강압적인 부모나 무심한 상사 같은 우리 주변 사람들은 대체로 우리의 가치를 온전히 평가해주지 않는다. 그래서 나는 내 가능성을 모른다. 하지만 가능성은 있다. 자신의 가치를 부정당하던 순간 내가 고통받던 바로 그 지점에 있다. 아픈 순간은 떠올리기 힘들지만, 그만큼 강렬하게 내 안에 남아 있다. 거기에서 자신의 가치를 발견할 수 있다면 그리고 그 가치에 따라 살 수 있다면, 알렉산더 대왕의 제안을 거부하고 무기력을 예찬해도 좋다. 하지만 그만큼 치열한 삶도 없을 것이다. 그만큼 세상에 기여할 수 있는 삶도 없을 것이다.

나의 기질을
사용하는 습관

나는 선한 인간일까? 어떤 면에서는 그렇다. 길에서 도움을 청하는 사람에게 마음을 열어줄 수 있고, 길을 물어보면 제대로 알려줄 수 있다. 전혀 모르는 사람에게도 그런 일을 할 수 있다. 그러나 한편으로는 가까운 사람에게 상처를 주기도 한다. 어머니에게 모진 말을 하고 떼를 쓰기도 한다. 인간의 가장 지독한 모습은 종종 가장 가까운 사람을 대할 때 드러난다. 그런 점에서 인간은 입체적이다.

입체성은 한 사람의 장점과 단점에서 드러나기도 한다. 이런 장단점은 독립적이지 않고 연결되어 있을 때가 많다. 외향적인 사람은 타인에게 관심이 많고 유쾌한 만큼, 타인을 귀찮게 하기도 한다. 내향적인 사람은 차분하고 타인의 이야기를 잘 들어주는 만큼, 자신의 속내를 잘 털어놓지 않는다. 두 사람은 서로의 매력에 끌리다가도 각자가 가진 바로 그 성향 때문에 상처를 주고받는다. 내향적인 사람은 외향적인 사람이 말할 시간을 기다려주지 않는 고압적인 사람이라고 생각한다. 반면 외향적인 사람은 내향적인 사람이 자기에게 통 관심을 두지 않고 본인의 내면에만 주목한다고 생각한다.

자기 자신을 이해한다는 건 자신의 다면적인 모습을 꼼꼼하게 이해하는 것이다. 그러면서 그 모습이 자신의 근본 성향과 어떻게 연결되는지 이해하는 것이다. 이건 중요하다. 밖으로 드러나는 단점을 단순히 나쁜 것으로 이해하면 자기 비하가 뒤따라올 수 있기 때문이다. 이런 태도는 조급하게 자신의 단점을 없애야 한다고 판단하게 하거나, 무조건 자기 자신을 받아들여야 한다는 단순한 자기 긍정을 불러온다. 두 가지 모두 좋은 방법이 아니다. 진정한 자기 긍정은 자신의 근본 성향이 가진 능력을 긍정함으로써 이뤄져야 한다. 그래야 자신의 문제점도 제대로 발견할 수 있다.

이를테면 누군가는 배려심이 많고 공감을 잘하는 만큼 인간관계에서 상처를 자주 받는다. 그러나 상처받지 않기 위해 배려심 많고 공감하는 성격 자체를 없애야 한다고 생각해서는 안 된다. 나는 그런 경우를 많이 봤다. 더 이상 착한 사람으로 살지 않겠다고 말하면서 타인의 말을 무리해서 거절했다가 오히려 죄책감 때문에 또 상처를 받는다. 이렇게 스스로에 대한 이해 없이 피상적인 진단만 내리면 자신이 예전에 왜 그렇게 행동했는지 알 수 없게 된다. 그건 맞지 않는 옷을 입은 것처럼 스스로를 더 괴롭게 만든다.

배려의 인간은 타인을 배려하는 자기 내면의 성향이 일종의 능력이라는 걸 이해해야 한다. 능력은 개발과 개선이 가능하다. 나는 단언할 수 있다. 타인을 위하고 공감할 수 있는 건 능력이다. "나는 너무 유약해서 사는 게 괴로워"라고 누군가 말할 때, 그에게 공감하고 자신을 더 사랑하라고 말해주는 건 반드시 필요하다. 또한 스스로도 그 말을 진지하게 받아들여야 한다. 진정으로 자신을 사랑하는 방법은, 타인을 도우려는 성향을 하나의 능력으로 인정하는 것이다. 그 능력은 칭찬과 같은 적절한 보상을 받지 못하면 위축되고, 그러다 보면 이내 자기 비하에까지 이른다. 그러나 그 자기 비하는 틀렸다. 내 단점과 상처는 내 능력이 제대로 발현되지 못해서 생긴 것이지, 내가 애초에 못나고 약한 사람이라 생겼던 게 아니다. 타인을 돕는다는 건 단순한 호의를 베푸는 게 아니라, 타인이 무엇을 필요로 하고 또 어떤 심정을 느끼는지를 예민하게 파악하는 것이다. 이만큼 섬세한 태도를 가진 사람은 많지 않다. 이런 능력을 아무나 쉽게 갖출 수 있다고 생각해서는 안 된다. 바로 그 사실을 이해하는 게 자기 긍정이다.

다시 한 번 말한다. 당신이 착한 건 능력이다. 당신은 타인의 말을 들을 줄 알고, 그 말에 끼어들지 않을 만큼 침착한 사람이다. 그건 당신이 겁이 많아서가 아니라, 버릇없이 타인의 말을 가로막고 섣부르게 조언을 하는 위압적인 인간과 달리 좋은 잠재 능력을 가지고 있기 때문이다. 그리고 당신은 그 능력을 더욱 발전시킬 수 있다. 그 능력이 인정받고 보상받을 자리는 이 세상 어디엔가 반드시 마련되어 있다. 그 능력을 쓸데없다고 여겨서는 안 된다. 쓸데없는 건 오로지 그게 잘못 사용되고 있거나 또 스스로 쓸데없다고 여길 때뿐이다.

복잡한 입체성에서 자신의 성향적 능력을 파악했다면, 이제는 우리가 시간 속의 존재라는 사실을 이해할 차례다. 자신의 섬세한 능력을 잘 다루려면 우리가 순간에 머무르는 존재가 아니라 앞으로 더 발전할 수 있는 존재라는 걸 반드시 이해해야 한다. 자신의 단점과 장점 사이에 있는 능력을 다듬어야 한다. 그러려면 자신의 다면적이고 입체적인 모습 아래에 있는 근본 성향을 똑똑히 바라볼 줄 알아야 한다.

내 성향을 이해하면 나를 통제할 수 있게 된다. 이를테면 늘 이용만 당하는 이들이 있다. 만약 그가 자신의 선량한 마음씨를 파악하고 또 그걸 능력으로 이해할 수 있다면 상황은 달라진다. 그는 자신의 배려 능력을 마구잡이로 사용하지 않을 수 있다. 당연한 듯 배려를 요구하는 사람에게 자신이 배려 능력을 단순히 '기부'하는 게 아니라는 사실을 암시하거나 직접 말해줄 수 있다. 어쩌면 보상을 요구할 수도 있게 된다. 배려가 능력이라는 사실을 알면 그걸 공짜로 해주는 게 지나친 배려였음을 깨닫는 것이다. 이를 깨달을 때 우리는 스스로의 능력을 발전시킬 수 있다. 예전에는 그저 희미하게 느낌적으로 불편해서 타인을 도왔다면, 이제는 자신의 배려를 의식적으로 다듬고 적극적으로 활용한다. 나는 언제 타인에게 반응하고 그들을 도왔을까? 그때 그 도움은 정말 필요했을까? 그리고 지금 내 상황은 어떤가? 이런 질문을 스스로 던지고 대답한다면 나는 지금 내 성향을 바로 이해하고 올바른 사용법을 익혀나가는 중이다.

내가 나를 발전시킨다는 건 이런 뜻이다. 첫째로, 인간의 다면적인 모습 안에서 내 근본 성향과 그 능력을 발견해야 한다. 둘째로, 그 능력의 발전 가능성을 이해해야 한다. 다면적인 모습에만 집중하면 발전 없는 자기 긍정에 빠지고, 발전 가능성에만 집중하면 막연한 기대에 사로잡힌다. 이미 가진 걸 긍정하고 동시에 그걸 개선해 내일로 향해야 인간이 발전한다. 자기 이해는 그렇게 일어난다. 이게 성공적으로 이뤄진다면 우리는 스스로에게 두 가지 감정을 느낄 것이다. 나는 생각보다 좋은 사람이었다. 그러나 나는 스스로를 방치하고 있었다. 그러므로 우리는 스스로에게 고맙고 미안하다. 나를 바로 사용하려면 자기 자신을 알아야 하고, 또 실제로 사용할 수 있어야 한다. 나를 이해한다는 건 내 입체성을 이해한다는 뜻이고, 나를 사용한다는 건 내 능력의 발전 가능성을 실현한다는 뜻이다.

❖ ❖ ❖
가끔은 남이 나를 더 잘 안다

우리는 흔히 나를 잘 아는 사람은 오직 나 자신뿐이라고 생각한다. 이 말은 어느 정도 맞다.

그러나 1년에 한 번 정도 우리는 타인에 대해서 더 잘 알려 하고, 실제로 더 잘 알기도 한다. 바로 누군가의 생일 선물을 고를 때다. 택배 상하차 알바를 하는 친구에게 안마기를 선물한 친구가 있었다. 선물을 받은 친구는 안마기가 그렇게 좋은 줄 몰랐다며 너무 기뻐했다고 한다. 정말 좋은 선물은 종종 예측하지 못한 선물, 그러나 내게 아주 잘 맞는 선물이다. 이처럼 우리는 자신에게 무엇이 필요하고 유익할지 모를 때가 있다. 그리고 타인은 내게 필요한 게 무엇인지 나보다 더 잘 알 수도 있다.

나는 가끔 '선물을 주기 위해 살피는 마음으로' 사람을 바라본다. 내가 세상을 보는 방법 중 하나다. 장 보러 마트에 들어가 계산대 점원을 그렇게 바라본다. 평범하게 계산을 하려고 점원을 대하면 그 사람의 표정이나 생김새도 기억하지 못한다. 그러나 선물을 주겠다는 마음으로 사람을 바라볼 때는 그 사람의 온갖 면모를 다 살펴야 한다. 천천히 바라보는 것이다. 그 사람이 어떤 말을 하고 무엇을 경험했으며 스마트폰으로는 무엇을 검색해서 보는지 등등. 본인은 잘 모르겠지만, 그 사람의 일거수일투족을 살펴보면 그가 좋아할 만한 것이 슬며시 나타난다.

다른 사람은 내가 어떤 일에 큰 상처를 받았고 무엇을 사랑하며 여가 시간을 어떻게 보내는지 모른다. 그러나 그들은 내가 웃을 때 어떤 표정을 짓는지, 오른쪽 입꼬리가 더 올라가고 손으로 이마를 만진다는 사실을 나보다 더 빨리 알아챌 수 있다. 내가 거짓말을 할 때 어떤 표정을 짓고 눈을 몇 번 깜박이는지를 안다. 그들은 내가 길을 가다 어느 가게에서 멈춰 서는지, 옷을 고를 때도 무엇에 눈길이 더 머무르는지 알 수 있다. 그걸 보는 사람은 어찌 보면 나보다 나를 더 잘 알고 있다.

그걸 볼 줄 아는 사람은 다른 사람에게 편지를 쓸 수 있다. "너 알고 있니, 너 그때 그렇게 말했어. 그 말은 말이야, 이러한 너의 성향에서 피어난 것이라고 생각했어. 그리고 나는 그런 네 모습이 좋아. 그래서 나는 그 말을 여전히 기억하고 있단다." 이렇게 말할 때, 우리는 그들을 이미 더 잘 알고 있다. 우리는 그걸 자주 하고, 심지어 이미 잘하고 있다. 우리는 선물을 고른다. 어떤 선물이 좋을지 묻는 대신 그들의 이야기를 듣고 관찰한다. 실패할 때도 있다. 하지만 우리는 시도하고, 가끔은 성공한다. 감동은 그럴 때 피어난다. 나도 몰랐던 내 모습을 나보다 더 잘 알고 배려해주는 사람의 선물 같았던 말들이 있다.

본인도 모르는 타인의 모습을 알아채는 방법은 어렵지 않다. 그들을 천천히 바라보며 그들이 어떤 말을 하는지, 무엇을 보고 무엇을 위해 나아가는지 적어보면 된다. 누군가는 길을 걸으면서도 땅이 아니라 하늘을 보았다. 달이 뜨는지를 언제나 확인하고 그걸 마음에 남겼다. 누구는 혼자 코인 노래방에 가서 노래를 불렀다. 그걸 다른 사람과 공유하지 않고 자기만의 중요한 취미로 두었다. 가끔은 이야기를 나누며 그런 사실을 알게 된다. 그런 정보는 늘 우리 곁에 널려 있고, 너무 분명하게 드러나 있었다. 그러나 우리는 평소에 계산대 점원을 대하듯 타인을 본 뒤 늘 드러나 있던 그의 모습을 이내 잊었다. 누군가에게 선물하듯 세상을 바라볼 때, 스쳐 지나는 말들을 주워 내 마음 한편에 담아둘 수 있다. 늘 선물하며 살라는 이야기가 아니다. 사소한 말과 모습을 내 속에 담아둔다면, 언젠가 필요할 때 그들을 위해 꺼내 쓸 수 있다.

누군가는 그런 대접을 받아보지 못했다며 슬퍼하고 무기력증에 빠져 있을지도 모른다. 하지만 그에게도 자신만의 이야기가 있다. 우리가 그 모습을 그보다 먼저 알 수 있다면, 우리는 그 사람을 대접해줄 수 있다. 그 사람의 이야기를 듣는다. 무엇을 선물할 줄 아는 사람이라면 그들을 일으켜 세워줄 수 있다. 그런 삶은 공허하지 않고 풍요롭다. 우리는 아직 세상에 해줄 수 있는 게 너무 많다. 그리고 세상은 우리를 기다리고 있다. 그런 생각이 삶에 생명을 불어넣는다. 그러다 어느 날 나보다 나를 더 잘 아는 사람을 만나서 감동으로 울게 될지도 모른다. 우리는 스스로 알지 못했던 모습을, 가능성을 지니고 있었던 것이다.

그러니 이제 나 자신에게 눈을 돌린다. 내가 다른 사람에 대해 가끔 그들보다 더 잘 알았듯이, 누군가는 나에 대해서 나보다 더 잘 안다. 그들은 나의 무엇을 바라봤을까. 세계가 나름의 방식으로 우리의 손길을 기다리듯이, 내겐 나를 기다리는 어떤 가능성이 있다. 나를 위해서는 어떤 선물을 준비해야 할까. 나는 아직 내가 모르는 어떤 가능성 위에 놓여 있다. 우리는 스스로의 가능성이 볼품없지는 않을까 두려워한다. 하지만 누구에게나 뜻밖의 선물이 있었듯, 내 가능성은 내 상상과 전혀 다른 모습일지 모른다. 당신이 하는 일이 모두 잘될 거라고 말하지는 않겠다. 그러나 당신은 스스로 생각하는 것보다 더 많은 걸 할 수 있다. 그건 절대로 거짓일 수 없다. 사실 너무나 분명해서 이미 잘 알고 있었지만 지나치고 말았던 진실이다. 안다. 우리는 그걸 안다. 왜냐하면 가끔 우리는 당신에 대해 당신보다 더 잘 알기 때문이다.

✦ ✦ ✦
순수하게 바라는 나 자신

언젠가 나 자신과의 싸움에 관해 우스갯소리로 이야기한 적이 있다. 자신과의 싸움에서 이기는 법은 쉽다. 지면 된다. 내가 지면 반대편의 나는 이기기 때문이다. 이를테면 나는 다이어트를 시작했다. 밤 열한 시가 지나니 배가 고프다. 치킨을 한 마리 시켜 먹고 싶다. 양치를 하고 침대에 누우면 자신과의 싸움이 시작된다. 치킨을 시켜서 먹으면 자신과의 싸움이 끝난다. 나는 패배했지만 치킨을 먹고 싶은 나는 승리했다. 우리는 이런 기묘한 전략을 모든 곳에 적용할 수 있다. 공부해야 한다는 걸 알면서도 하지 않을 수 있고, 대신에 놀러 나가고 싶은 나를 항상 이기게 만들 수 있다. 운동을 해야 한다고 생각하지만 그냥 친구를 불러서 술이나 한잔할 수 있다. 이 짓을 계속하면서 나는 내리 패배하고, 그 대가로 늘 승리한다.

이 말을 진지하게 받아들이는 사람은 없을 것이다. 저 짓을 계속하면 삶이 망가질 것임을 알기 때문이다. 승리해야 하는 나는, 우리가 여태 이야기한 '나를 기다리는 나 자신'이다. 하지만 우리는 분명하게 물을 수 있어야 한다. 치킨을 먹고 놀고 싶은 내가 아니라 다이어트와 공부를 해야 한다고 믿는 '나'는 왜 승리해야 할까? 이걸 생각해보면 내가 실제로 무엇을 기다리고 있으며 왜 그 기다림에 응해야 하는지 대답할 수 있다.

만약 스스로 대답을 할 수 없다면, 싸워야 하는 이유가 내 안에서 생겨난 게 아닐지도 모른다. 우리는 가끔 다른 사람과 세상의 요구에 맞춰 '나를 기다리는 나'를 만들어낸다. 어떤 이는 자기가 왜 운동해야 하는지 모른 채 주변의 분위기에 휩쓸려 무의미한 다이어트를 시도하느라 몸을 해친다. 그러다 나중엔 외모지상주의에 반대하며 다이어트를 하지 않겠다고 선언하기도 한다. 이는 야식을 참는 나 자신을 받아들이지 않겠다는 선언이다. 여기에 주목해야 한다. 무언가를 해야 한다며 스스로를 압박하지만, 그 목표는 사실 중요하지 않은 일일 수도 있다.

정말 슬프게도 수많은 학생이 수능 시험을 보고 결과를 비관해 자살한다. 나는 그들에게 항상 말해주고 싶다. 수능 같은 건 삶에서 작은 사건에 지나지 않는다고. 그들은 시험 성적에 죄책감을 느끼고 압박을 받을 필요가 없다. 나는 공부를 하지 않으면서도 죄책감을 느끼고 좌절한다. 하지만 내게 죄책감을 주는 그 의무감은 나 자신의 의무감이 맞을까. 분명히 죄책감을 느끼지 않고 야식을 즐기는 사람들이 있다. 시험 점수에 연연하지 않고 낙천적으로 사는 사람도 있다. 그러나 이렇게 걱정 없어 보이는 사람들도 자신의 세계 어딘가에서 전투를 벌인다. 그들은 어디에 마음을 쓰고 또 무엇에 노력하며 살고 있을까.

영화 〈아이언맨 3〉에서 토니 스타크는 끔찍한 일을 겪고 외상 후 스트레스 증후군에 시달리며 새로운 슈트를 만들어야 한다는 강박관념에 사로잡힌다. 하지만 이 강박증을 버리면서 자신의 끔찍한 경험에서 벗어난다. 그는 아이언맨이기 이전에 엔지니어였고 이것저것 만드는 걸 좋아하던 사람이었다. 바로 그 무언가를 만드는 성향이라는 씨앗에서 시작해 슈트를 만들게 된 것이다. 토니 스타크는 결국 슈트 없이 적진에 쳐들어가 자신이 소일거리 하듯 만든 여러 도구를 사용해 위기를 극복한다. 무언가 끊임없이 만들기를 좋아했던 자기 본연의 모습을 찾은 것이다.

끊임없이 나 자신과 싸워 이겨야 한다는 말에 시달리고 피로를 느낄 때는 그 말이 과연 나 자신의 것인지 돌아봐야 한다. 그게 내게 어떤 동기부여도 없이 죄책감만 주고 있다면 원래 나 자신을 돌아보는 게 좋다. 타인이 내게 씌운 가치를 걷어내고 난 뒤에도 내 안에는 여전히 무언가가 있다. 그 모습은 내가 스스로 정해야 한다. 나를 기다리는 나는 변호사나 의사가 아니다. 나를 기다리는 나는 순수하게 내가 바라는 나 자신이고, 그러나 한 번도 제대로 주목받은 적 없는 나 자신이다. 우리는 스스로가 무엇을 할 수 있는지 잘 모른다. 처음부터 이야기했듯이, 나를 파악하려면 새로운 걸 시도하고 체험해야 한다. 우리가 특별하고 소중해질 수 있는 가능성은 그 시도와 체험 속에서 찾을 수 있다. 직업과 꿈이라는 것도 그제야 의미를 지니고 명확하게 드러난다.

자신만의 공간을 가진 사람이 있다. 힘들 때마다 찾는 장소에서는 야경이 보이고, 그는 그 자리에 앉아 혼자서 캔 맥주를 마신다. 자기만이 할 수 있는 행동 아래서 그는 스스로 위로를 받는다. 내가 나를 위하는 방법도 시도해보지 않으면 알 수 없다. 누군가 암벽 등반을 시작한다. 바윗부리를 처음 쥐고 나서야 자신이 그걸 잘한다는 사실을 깨닫는다. 자기 자신을 찾고 도전하는 삶은 단순히 좋은 일자리를 얻거나 훌륭한 일을 성취하는 데에 있지 않다. 남산 위에 올라가 야경을 보면 수많은 회사원이 한

결같은 삶을 산다는 걸 알게 된다. 그 모든 사람이 이상적이고 자신이 진정으로 원하는 직업을 가지고 있지는 않다. 하지만 그들 중 누군가는 주말에 운동장에서 공을 찬다. 누군가는 퇴근한 뒤에 그림을 그린다. 처음에는 별 생각 없이 즐기다가 나중에는 더 노력해야 한다는 사실을 알게 된다. 그건 즐거우면서도 나를 더 도전하도록 하는 일이다. 그건 다른 사람이 아닌 내가 정한다. 그게 확고해지면 나는 진정으로 나 자신과 싸워볼 수 있다. 누군가는 여전히 다이어트를 시작한다. 누가 요구한 게 아니라, 그 사람 스스로 그래야 한다는 마음으로 시작한 것이다. 누군가는 여전히 공부를 이어간다. 꿈이 있기 때문이다. 그런 사람들은 스스로를 독려하고 다듬을 줄 안다.

나를 지나치게 짓누르는 허상의 나를 먼저 없애는 것도 좋다. 이 이야기의 목적은 삶에 무게를 더하는 게 아니라 덜어내는 것이다. 당신에게 요구된 건 생각보다 많지 않다. 그걸 스스로 벗어내라. 하지만 내가 정말 무엇을 하고 싶은지를 찾아내자. 나는 언제 무엇을 할 때 활짝 웃었던가. 나는 무엇을 할 때 온 열정을 쏟았던가.

✦ ✦ ✦
무기력은 사라진 칭찬의 흔적이다

아이들이 플래시 게임을 만들고 그걸 무료로 공유하고 즐기는
사이트에 올렸다. 그런데 이제 그 일을 더 이상 못하게 되었다.
제작한 게임을 공유하려면 비영리 목적이라도 정부의 심사를
받아야 하기 때문이다. 아이는 심사를 받을 수 없다. 돈을 내야
하기 때문이다(논란이 일자 문화체육관광부는 비영리 게임의 심
사를 면제하도록 관련 규정을 개정했다). 나는 이게 멍청한 해프
닝이라고 생각한다. 게임을 잘하는 건 능력이고, 게임을 만드는
건 더 큰 능력이다. 게임을 만들면 되었지 굳이 그걸 공유할 필
요가 있냐고 물을 수 있다. 그러나 다른 사람의 반응을 살피고
평가를 받는 건 능력 발전에 도움이 된다. 그리고 자신이 만든
콘텐츠를 공유하는 건 인간의 본능이자 기쁨이다. 하지만 그보
다 더 큰 이유가 있다.

   아이들은 자기가 만든 게임을 왜 인터넷 사이트에 올렸을까?
바로 칭찬과 인정을 받기 위해서다. 사람은 칭찬을 먹으며 자라
고, 그 과정에서 자신의 재능을 발견한다. 그 효과는 정말로 커
서 한 사람의 미래를 바꾸기도 한다. '잘한다'라는 그 한마디를
듣고 싶어서 새로운 게임을 만들고 보완해서 올린다. 그런데 게

임이 마약이고 아이를 타락시킨다는 정부의 선입관이 아이의 길을 가로막는다. 우리 미래를 이끌어갈 수 있는 인재를 뿌리부터 뽑아버린다.

이 세상에 능력 아닌 건 없다. 자신의 에너지를 주체하지 못하고 복도를 뛰어다니며 꽃병을 깨트리는 아이를 함부로 억누르면, 그는 자신이 가진 운동 본능을 나쁜 것이라고 간주한다. 그러나 사회는 그런 폭발적인 에너지와 건전한 경쟁을 토대로 발전한다. 이걸 처음부터 악으로 간주하면 아이들의 잠재성이 사라지고 나아가 정서적인 질병까지 불러올 수 있다.

게임을 만들려다 좌절한 아이들은 피시방에 처박혀 자신의 삶을 허투루 소비할지도 모른다. 게임은 그 자체로 나쁜 게 아니지만, 많은 사람이 게임 안으로 도피한다. 그리고 이제는 게임을 소비하는 사람에게도 중독자라는 낙인을 찍는다. 수많은 아이가 피시방에 가서 게임을 하는 이유가 뭘까. 건전한 방식으로 경쟁하고 놀이하는 문화가 사라졌기 때문이다. 사회는 아이의 조급한 경쟁 심리와 향상심을 버릇없는 것이라 가르치고 그들을 억누른다. 그렇기에 많은 사람은 인정받지 못한 에너지를 게임에 쏟고, 더 많은 걸 할 수 있던 미래를 잃어버린다. 미래를 제대로 독려받을 때, 아이는 게임을 건강하게 즐기고 자신의 에너지를 올바로 사용할 수 있다.

아이가 무언가 강렬한 충동을 보일 때, 그 에너지를 뿌리 뽑을 방법은 없다. 그 에너지를 좋은 쪽으로 발현시키는 게 어른의 역할이다. 우리 사회는 그 에너지를 무턱대고 억누른 데 대한 부작용을 겪고 있다. 기이한 비트로 고인을 비하하며 조롱하는 영상이 유튜브에 돌아다닌다. 이는 옳지 않다. 하지만 이들이 자신의 재능을 칭찬받을 방법이 이런 패륜적인 방식밖에 남지 않았다는 점에도 주목해야 한다. 어쩌면 더 멋지고 좋은 방향으로 재능이 발현될 수 있었다. 그러나 아이들은 궁지에 몰리고 어른에게서 도망쳐 더 자극적인 쪽으로 자신의 에너지를 돌린다.

문제는 자아실현을 성공적으로 해낸 자들이, 이제 와서 어린 세대의 에너지를 전혀 인정하지 않고 되레 해악으로 여기며 가능성을 막는 것이다. 나는 이게 가장 분명한 문제라고 생각한다. 그러나 우리가 놓인 곳이 냉혹하고 칭찬 없는 사회라면, 우리는 살아낼 방법을 스스로 찾아야 할지도 모른다. 우선은 똑똑히 알아야 한다. 나는 칭찬받을 만한 사람이다. 아무도 그런 이야기를 해주지 않았기 때문에 무기력한 것이라면, 우리는 자기 자신을 위해서 스스로라도 칭찬해야 한다. 무기력한 사람은 종종 스스로의 능력을 깨닫지 못한다. 언제부터 그랬는지는 알 수 없다. 예전에는 그림만 한 장 그려도 엄마와 아빠에게 칭찬을 받았다. 그게 좋아서 그림을 더 그리기도 하고, 피아노 학원에서 열심히 피아노를 치기도 했다. 할머니와 할아버지는 생신 잔치에서 내가 노래 부르는 모습만 봐도 손뼉을 치며 좋아하셨다. 그런 칭찬 하나하나가 우리를 웃고 밝게 했다는 걸 기억하고 있는데, 언제부터인가 칭찬이 사라졌다. 무기력은 사라진 칭찬의 흔적과 관련되어 있다.

다른 이의 이야기에 공감하고 그들을 돕는 사람들의 자기 비하는 자신의 배려가 능력이라는 사실을 모르기 때문에 발생한다. 사실 그걸 모르는 이유도 어느 정도는 배려 능력 때문이다. 이타적인 사람의 시야는 대체로 타인에게만 초점이 맞춰져 있다. 그래서 그들은 끊임없이 다른 사람을 위해주다가 지쳐버린다. 인간관계에서 끌려다닌다는 느낌은 바로 그렇기 때문에 발생한다. 그때는 잠시 타인을 지우고 나 자신을 돌아보는 게 좋다.

건강하지 않으면 시선이 좁아진다. 극단적인 판단을 내리고 싶어진다. 그렇게 타인을 위하던 사람이 지치고 나면 인간관계를 완전히 끊어버리곤 한다. 세상은 '헌신' 아니면 '단절'이라는 이분법의 세계가 된다. 하지만 그 결과는 후련함이 아니라 자책과 원망이다. 인간관계의 단절은 끌려다님으로부터의 해방이 아니라, 자기 자신의 고유한 능력을 틀어막는 것이기 때문이다.

사람들이 내게 와서 무언가를 털어놓았다가 나중에 건강해지면 나를 찾지 않는 이유는, 그들이 나를 필요할 때만 찾기 때문이 맞다. 그런데 '필요할 때만 찾는다'라는 말이 나를 업신여긴다는 뜻일까? 만약 정신과 의사라면 스스로를 그렇게 비하하지 말라고 이야기할 것이다. 그들이 나를 찾는 이유는 내가 가진 능력 때문이고, 그들이 나를 찾지 않는 이유는 나와 그들 사이에 오갔던 이야기가 효력이 있었기 때문이며, 따라서 그들의 무소식은 희소식이다.

이런 판단이 가능하다면 자신의 공감 능력을 더 섬세하게 다듬을 수 있다. 그리고 더 건설적인 방향으로 이야기를 들어줄 수 있다. 대화를 나눈 뒤에도 사람들이 여전히 같은 문제를 답습한다면, 이전에 나눈 이야기를 토대로 새로운 조언을 제시해볼 수도 있다. 그런 방식으로 상대방에게 새로운 이야기를 실험하면서, 나 자신의 고유한 가능성을 시험하고 스스로를 확장하는 것이다.

그런 점에서 나는 자기 비하에 빠진 사람에게 "스스로를 사랑해야 한다"라는 말 대신 조금 다른 말을 해주고 싶다. 당신은 당신을 미워하기엔 너무 가치 있다. 당신은 당신을 어떤 방식으로든 상실했고, 그 자기 자신을 찾아야 한다.

가끔 우리는 자신의 능력을 지나치게 사용해서 문제를 겪는다. 그러나 문제가 발생하기 이전의 내 기나긴 삶은 내 능력 위에서 잘 작동해왔다. 자기 비하의 얄궂은 점은, 백번 무난한 관계가 존재했음에도 단 한 번의 실수로 발생한다는 데 있다. 우리는 종이에 손가락을 베이기만 해도 온 신경을 거기에 쏟고 부주의를 자책한다. 하지만 상처 나지 않은 99퍼센트의 다른 신체는 그 순간에도 이미 제 역할을 하고 있다. 관심을 갖지 않았을 뿐 여전히 내 삶을 지켜주던 능력이 온통 존재했던 것이다. 나는 잘해왔다. 단지 그 마음에 대한 보상을 제대로 받지 못했기 때문에 풀 죽어 있었을 뿐이다. 괜찮다. 잘하고 있다. 잘했으니까 아픔을 느낀 것이다. 상처 때문에 스스로를 부정해서는 안 된다. 상처의 이유 아래에는 나라는 사람의 가능성이 녹아들어 있다.

누군가를 칭찬하기 위해서 바라보는 연습을 해보자. 우리는 그 사람이 무엇을 좋아하고 어떤 태도로 문제를 대하며 또 타인과 어떻게 다른지를 열심히 관찰해야 한다. 그 사람의 얼굴은 특별하지 않고 밋밋하지만 지어 보이는 미소가 아름다울 수도 있고, 유약하고 소심하지만 누군가의 이야기를 경청해줄 수도 있다. 그건 밖으로 드러나는 현상이지만, 능력으로 생각하고 바라보지 않는 이상 우리의 눈에 잘 들어오지 않는다. 타인을 칭찬하듯 바라보면 우리는 그런 것 하나쯤은 발견하기 어렵지 않다는 걸 알게 된다.

그리고 바로 그런 눈으로 나를 바라보는 거다. 이는 단순한 자기만족이 아니다. 왜냐하면 내 능력을 느끼고 나를 그 가능성의 씨앗으로 이해할 때, 나는 더 나아가야 하는 사람이 되기 때문이다. 그때는 스스로의 만족감에 머무를 리 없다. 더 나아가야 한다는 생각에 마음이 바빠질 것이다. 그럴 마음이 든다면, 나는 자그마한 성취부터 시작해 새로운 걸 발견하고 스스로를 만들어가며 살아갈 준비가 된 것이다.

✤ ✤ ✤
난 무엇으로 인정받고 싶었을까

칭찬받지 못하는 삶은 자신을 상실하도록 만든다. 무관심은 정말로 잘못을 저질렀을 때 받는 질책보다 더 위험하다. 자신의 가치를 존중받지 못하다 보면 결국 스스로를 미워하게 되기 때문이다. 드라마 〈스카이 캐슬〉을 보면 알 수 있다. 자식을 의대에 보내려고 공부만 강요하고 질책한 결과로 아이가 망가진다. 아이는 사랑을 하고 싶고 스스로의 가치를 찾아 떠나고 싶다. 하지만 그런 생각은 학업에 방해만 되는 하찮은 것으로 간주된다. 그걸 인정받지 못할 때 아이는 망가진다.

부모는 아이를 인정해줘야 한다. 그렇다면 아이의 입장에서는 무엇을 해야 할까? 만약 내가 인정받지 못해서 스스로의 평가를 깎아내리고 있다면 어떻게 해야 할까? 칭찬과 인정을 받지 못하고 자랐다면 내가 나를 긍정할 만한 길은 정말 없을까? 여기에 대답할 수 있다면, 절망적인 상황에서도 희망의 실마리를 발견할 수 있다. 사람은 고통을 받으면 우선 도망치고자 한다. 그러나 우리는 도망치기 전에 그런 고통이 발생했던 이유에 주목해야 한다.

어렸을 적 어머니는 내가 그림을 그리는 걸 좋아하지 않았다. 내 미래에 도움이 되지 않는다고 믿었기 때문이다. 나는 어머니의 그런 의견을 미워하지 않는다. 하지만 그때 인정받지 못해서 상처받았던 마음은, 내가 무엇을 얼마나 하고 싶어 했는지 드러내는 중요한 실마리였다고 생각한다. 그래서 나는 지금도 학업을 이어가면서 종종 그림을 그리고 무언가를 만든다. 화가나 만화가가 될 정도는 아니지만, 힘들고 괴로울 때나 삶이 무료할 때 내가 찾는 중요한 소일거리다. 어렸을 때 느꼈던 반항심이나 상처가, 내가 어떤 성향의 사람인지를 드러낸 것이다.

인정받지 못해서 아프고 괴로웠던 추억 안에는, 내가 무엇으로 인정받고자 했는지에 대한 실마리가 있다. 잠들어 있는 나 자신을 찾게 해줄 실마리다. 누군가는 헌신하고 베풀기만 하다가, 호의를 받는 게 권리인 줄 아는 인간을 만나서 고생한다. 누군가는 뒷바라지만 하다가 연인에게 버려진다. 그건 정말로 깊은 상처를 남긴다. 그런 사람이 유일하게 할 수 있는 일이라곤 더 이상 상처받지 않기 위해 따뜻한 성격을 억누르고 차가운 인간으로 거듭나는 것일지도 모른다. 과거의 나 자신을 향한 원망이다. 하지만 상처받았던 이유가 내 고유한 성향 때문이었다는 사실은 그만큼 은폐된다.

고통스러운 순간은 그 사람의 타고난 성향과 재능에 관련되어 있다. 이 세상에는 다른 사람에게 당연하다는 듯 무심하게 말을 뱉는 사람이 있다. 지하철역에서 아주머니들이 건네는 전단지를 아무렇지도 않게 거절하는 사람도 있다. 반면에 이러저러한 걸 거절하지 못하고 구세군의 종소리에 마음을 쏟을 수밖에 없는 사람도 있다. 그들은 사랑한다고 믿었던 사람에게 헌신하다 상처받는 만큼, 보편적이고 소소한 선행을 세상에 베푼다. 바로 그런 사람이기에 인정받지 못하고 상처받는 것이다.

내가 나를 미워하고 있다면, 자신의 능력을 인정받지 못해서 괴로웠던 경험을 분명히 겪었을 것이다. 그런 점에서 자기를 상실한 사람이 자신을 되찾을 수 있는 방법은 인정받지 못했던 과거의 기억을 되짚는 것이다. 많은 사람이 어렸을 적 상처의 치유에 주목하지만, 나는 그들이 세상과 충돌해서 좌절했던 개인의 능력을 놓치고 있다고 생각한다.

김남조 시인은 〈서시〉에서 사랑한 뒤에 오는 고통에 관해 이렇게 말했다.

요행히 그 능력이 우리에게 있어 / 행할 수 있거든 / 부디 먼저 사랑하고 / 더 나중까지 지켜주는 이가 됩시다.

더 오래 사랑하고 더 오래 잊지 못해 아파했기 때문에 누군가는 더 이상 사랑하지 않겠다고 다짐할지도 모른다. 그러나 오래 그리워하고 오래 아껴주는 것도 능력이다. 그런 마음과 능력이 당신에게 잠재되어 있다. 그리움의 고통이 이를 보증한다. 많이 사랑할수록 많이 아프다. 그 사랑의 능력을 긍정할 때, 자신의 낭만을 진정 베풀어야 할 사람에게 베풀 수 있다. 그럴 수 있는 당신이라서 아팠던 것이다.

어떤 이가 자신의 가치를 인정받지 못하고, 새싹 시절부터 밟혀 아파했다는 사실은 슬픈 일이다. 그런 사람은 생각보다 많다. 정말로 많다. 스스로를 일으켜 세우는 방법은, 누군가를 함께 일으켜 세우는 방법은, 그 아픈 순간에 주목하는 것으로부터 시작해야 할지도 모른다. 너무 늦지 않았다면, 그 싹에게 다시 물을 주자. 그럴 수 있다면 아직 괜찮은 것이다.

우리는
살고자 하기 때문에
아프다

심리 상담을 진행하거나 친구들과 대화를 하다 보면 한 가지 느끼는 게 있다. 정신적으로 몰려 있는 사람은 자신이 겪은 스트레스나 문제 상황을 자기 자신과 동일시한다는 점이다. 그처럼 극단적인 상황으로만 스스로를 이해하는 건 문제다. 왜냐하면 나는 문제를 만나기 전에도 이미 잘 살아왔기 때문이다. 나는 무언가를 잃기 이전에 이미 하나의 완결된 존재인 채로 살아왔다. 이를 이해하는 건 매우 중요하다.

사람은 상처받고 다투고 나면 그 모든 상처와 상실, 우울에 지배당한다. 이건 당연하다. 사람은 일을 하다가 종이에 손끝만 베여도 그 상처에 모든 의식을 쏟는다. 그때 그 사람은 상처만을 염두에 둔다. 그러나 피가 나는 동안에 내 몸은 그 피를 멈추게 하고 또 끊임없이 새로운 피를 만들어낸다. 그때마다 심장은 쉴 새 없이 뛰면서 혈액을 온몸에 공급한다. 피가 밖으로 뿜어 나오는 것도 사실은 심장이 뛰고 있기 때문에 일어나는 현상이다.

단점과 상처, 괴로운 기억을 가지고 스스로를 정의하는 건, 말 그대로 빙산의 일각을 보고 전체 빙산을 정의하려는 시도와 같다. 상처의 기억이 내 의식을 지배하는 게 사실일지라도, 내가 의식하지 못하는 나머지 99퍼센트의 기능이 나를 지탱하고 지켜주고 있다는 것도 분명한 사실이다. 이는 때때로 너무나 뻔히 드러나 있어서 미처 알아차리지 못하는 것들이다.

자신을 이해한다는 건 그동안 무심히 지나쳤던 자신의 기능과 성향을 새롭게 인식하는 일이다. 이를 위해서는 스스로에 대한 굳건한 믿음에서 잠시 한 발자국 떨어져, 평소에 자신이 어떻게 움직여왔는지 구체적으로 떠올려봐야 한다. 사례를 뚜렷하게 떠올릴수록 그를 통해 스스로를 분석하기 쉬워진다. 그런 성향을 떠올린 뒤에야 내게 닥친 갈등과 스트레스를 제대로 이해할 수 있다.

스트레스와 갈등, 괴로움은 이미 나를 지켜주는 대부분의 성향이 있은 뒤에야 발생한다. 따라서 스트레스를 통해 나를 이해하는 게 아니라, 나를 이해한 뒤에 스트레스의 발생을 이해하는 게 순서에 맞다. 물론 스트레스를 받았던 상황 자체를 구체적으로 떠올리는 건 도움이 되기도 한다. 모든 스트레스와 갈등은 내가 못나서 발생하는 게 아니라, 그때그때의 내 주된 성향과 세계가 마찰해서 발생한다. 이를 제대로 살피면 스트레스를 통해 자기 비하에 빠질 일은 없다. 내가 나로 살고자 발버둥 쳤기에 이런저런 스트레스가 발생하는 것이다. 그렇다면 먼저 내 곁에 놓여 있는 내 성향을 다시 발견하고 그걸 긍정해야 한다.

생각보다 많은 사람이 자신의 주된 기능과 성향을 존중하지 못하고 오로지 스트레스를 통해서 스스로를 규정하려 한다. 그렇게 규정된 스스로는 나 자신이 아니라, 조각난 상처의 흔적에 불과한 때가 많다. 중요한 건 상처 자체가 아니라 그것에 상처 받도록 만들어진 자기 전체의 기능이다. 그건 내가 생각한 것보다 더 소중하게 나를 지켜왔다. 우리는 살고자 하기 때문에 아프다. 아픈 게 나를 규정하는 게 아니라, 살고자 하는 그 대부분이 나를 규정한다. 아파도 오직 그 때문에만 아플 수 있다. 내가 아픈 진짜 이유는 무엇일까. 이 질문이 자기 이해의 시작이다.

✦ ✦ ✦
극단적인 모습은 내 진정한 모습이 아니다

악마는 우리를 유혹할 때 우리 내면에 있는 극단적인 모습을 끄집어내려 한다. 당연한 말이지만 극단적인 모습은 극단적인 상황에서 드러난다.

악마가 와서 말한다. "네 친구를 내게 팔면 50억을 주겠다." 실제로는 사회 실험을 해봐야 알겠지만 아마 많은 사람이 유혹에 넘어갈 것이다. 이들의 천성이 나빠서가 아니라, 우리가 악마와 마주하는 상황에 대비하지 못했기 때문이다. 그래서 이런 말도 있다. "가장 취약한 건 도전받아보지 않은 우정이다." 이 말은 인간이 어떤 상황에서 추악한 모습을 드러내는지 알려준다. 인간은 까다롭고 극단적인 상황에 준비 없이 마주쳤을 때, 평소와 아주 다른 모습을 보인다. 그러나 이처럼 드문 상황에서 나타나는 모습을 그 사람의 진정한 모습으로 이해하는 게 온당할까?

사람들이 한 사람의 극단적인 모습을 보고 실망하는 건 어떤 점에서 당연하다. 극단적인 모습은 우리의 눈길을 끈다. 사람들이 원래 가십거리에 예민하게 반응하기 때문만이 아니다. 극단적인 모습은 순전히 감각적인 의미에서도 우리의 눈길을 끈다. 하얀 종이에 점 하나를 찍으면 우리의 눈은 99퍼센트의 하얀 바탕을 무시하고 검게 찍힌 점 하나에 주목한다. 평생을 선하게 살다가 한순간 악행을 저지를 때, 그는 하얀 도화지에 찍힌 점 하나를 드러낸다. 여기에 반응하는 건 대중의 입소문만이 아니다. 선하게 살고자 노력했던 당사자의 양심도 이 오점에 주목한다.

우리가 극단적인 면모에 주목하는 이유는 우리가 어느 정도 순결주의에 빠져 있기 때문이다. 선과 악의 대결 구도에서 늘 악이 승리하는 것처럼 보이는 이유는, 단 하나의 스크래치로도 질서 전체가 손상되는 것처럼 여기기 때문이다. 영화 〈다크 나이트〉에서 정의로운 검사였던 하비 덴트의 타락이 우리에게 상처를 주는 이유도 그와 같다. 하지만 고담 시는 그보다 악랄한 범죄자가 넘쳐나는 곳이었다. 그럼에도 불구하고 하비 덴트의 타락에 상처를 입는 이유는 무엇일까? 우리가 악한 것에는 완전성을 요구하지 않지만 선한 것에는 완전성을 요구하기 때문이다. 그러나 이상하다. 하비 덴트는 수많은 범죄자를 심판했고, 고담 시를 지키고자 수없이 노력한 사람이다. 그가 조커의 유혹에 넘어가 살인을 저지르는 순간은 그의 전 생애에서 고작 하루 이틀 정도뿐이었다. 타락한 모습을 보고 그의 모든 면모를 단정하는 건 옳지 않다. 그 모습이 우리의 눈길을 끌고 우리를 슬프게 하더라도, 그게 그의 삶 전체를 대변하지는 않는다.

행위에는 반드시 책임이 따른다. 그러나 만약 우리의 목적이

나를 평가하는 게 아니라 나를 이해하는 것이라면, 우리는 극단적인 모습 아래에 깔린 일상성을 들여다봐야 한다. 극단적인 상황에서 싹튼 면모를 보고 나를 가늠하는 대신, 이미 그 전까지 나를 메우고 있던 일상 속 모습이 어땠는지를 먼저 살펴야 한다. 하얀 도화지에 점 하나를 찍을 때 우리의 눈은 점 하나에 이끌리지만, 우리는 '종이 전체'를 생각해야 한다. 도화지에 찍힌 점은 전체의 일부분이다. 바로 그 점 하나를 이해하기 위해서라도 우리는 전체의 배경을 이해해야 한다. 그래야 우리는 하비 덴트가 타락한 이유를 이해할 수 있다. 그의 속내를 모르는 고담 시민은 훗날 정의로운 검사의 타락이 밝혀지자 실망하고 두려움에 떨지만, 그의 삶이 가진 서사를 영화를 통해 지켜본 관객은 그의 좌절과 실망, 극단적인 선택을 한 이유를 이해하는 것이다.

그런 점에서 지금 이 순간 내 주의를 끌고 있는 걸 전체성의 측면에서 이해할 필요가 있다. 우리는 여러 실수를 하고 극단적인 상황에서 악행을 저지를 수 있다. 사랑하는 사람에게 소리를 지르거나 그의 약점을 건드리고 비웃을지도 모른다. 그러나 동시에 우리는 처음 보는 사람에게 길을 안내하고, 뒤에 오는 사람을 위해 문을 잡아준다. 평소에 우리는 지킬 걸 지키면서 산다. 이렇듯 우리의 모습은 여러 방식으로 뒤얽혀 있다.

자신의 극단적인 모습에 상처받는 건 분명히 중요한 현상이다. 왜 상처를 받을까. 바로 양심이 있기 때문이다. 그 양심은 일상 속 내 삶이 어긋나지 않고 평탄하게 흘러가도록 늘 나를 도와주고 있었다. 따라서 극단적인 모습을 쉽사리 내 진정한 모습으로 여겨서는 안 된다. 극단적인 모습은 진정한 모습이 아니다. 극단적인 모습은 일부분이고, 그걸 통제하기 위해서라도 내 전체를 이해해야 한다. 그리고 자신의 극단적인 모습으로부터 단순히 도망치지 말고, 그 모습이 내 안정적이고 평화로운 일상과 어떻게 연결되어 있는지 살펴야 한다.

한편으로 극단적인 모습은 좀처럼 나타나지 않기 때문에 더 눈에 띄기도 한다. 어쩌다 한 번씩 나타나는 그 모습이 마음에 들지 않는다면, 그건 우리가 이미 일상의 편에 서서 문제를 보고 있기 때문일지도 모른다. 그렇다면 나는 이미 내 진정한 모습으로 극단적인 모습에 대항하고 있는 셈이다. 이를 이해할 때 나는 내 전체를 볼 수 있고 그 전체가 진정한 나를 구성한다는 사실을 알게 된다. 그러면 극단적인 모습도 결국 내 일부분으로서 받아들여진다. 그런 뒤에 우리는 그 모습을 조절하는 법을 하나씩 배울 수 있다.

✦ ✦ ✦
내 근본 성향을 이해한다는 것

모든 억압이 억압적인 인간 때문에 발생하지는 않는다. 바람이 전혀 불지 않아도 내가 달려가면 맞바람에 부딪치게 되고, 바람이 아무리 세게 불어도 내가 가는 방향과 맞는다면 순풍을 달아 나아갈 수 있다. 그런 점에서 보통 억압은 '바람의 방향과 인간의 방향이 다르기 때문에' 발생한다. 중요한 건 바람이 억압적인지 여부가 아니라, 서로 다른 방향성 때문에 발생하는 마찰이다.

나는 그다지 억압적이지 않은 환경에서 자랐다. 물론 과거를 파헤치다 보면 다사다난했던 시기, 상처로 남은 부분도 있다. 하지만 크게 봤을 때 가족의 영향은 내게 억압이 되지 않았다. 어머니는 내가 무슨 선택을 하든 지지해주는 편이었다. 내가 철학 공부를 하면서 장래를 걱정할 때도, 아버지는 학문을 하는 사람이라 그랬는지 늘 "지금은 돈 벌 생각을 할 때가 아니다, 이상을 위해 뛰어갈 때다"라고 말해주곤 했다.

'자녀가 무엇을 선택하든 지지하는 것'과, '자녀가 자신의 바람대로 선택할 때 지지하는 것'은 다르다. 어쩌면 부모님이 나를 지지해준 이유는 내 선택이 자신의 이상에 크게 어긋나지 않았기 때문일지도 모른다. 그 덕분에 나는 비현실적인 진로를 선택한 것에 불안을 느껴본 적이 거의 없다. 한편, 현실적인 조건을 따지면서 조언하고 때로는 그걸 강요하는 부모도 있다. 학문을 하겠다면 교수라는 확실한 길을 선택하라 말하고, 그럴 수 없으면 서둘러 취직하라고 말한다. 거기에 수긍하고 따르는 자녀도 얼마든지 있다.

문제는 자녀와 부모의 이상이 다를 때다. 그럴 때는 아이가 가는 길에 맞바람이 불고, 아이는 자기의 소신을 마음껏 펼치지 못한다. 더 안타까운 점은 자기가 가진 게 소신인지조차 모르게 된다는 것이다. 그런 사람은 능력을 제대로 다듬을 수 없다. 그리고 과거의 자신과 현재의 자신을 명확히 분리하지 못한다. 스스로의 고유한 성향을 낮게 평가하고, 싫지만 따라야 하는 것만이 유일한 가치라고 생각한다.

더욱 근본적인 문제는, 자신의 원래 모습과 현재 자신의 모습을 구별할 수 있는지에 관한 것이다. 우리는 이걸 실험으로 밝힐 수 없다. 인생을 두 번 살 수는 없기 때문이다. 지금의 부모가 아니라 다른 부모 아래서 자랐다면 다른 선택을 할 수 있었을까? 이 질문에 대답하기 위해 실제로 다른 집의 자식이 되어서 되살아볼 수는 없다.

그렇기 때문에 성공한 사람들조차 그게 자신의 능력과 성향 때문이라고, 또는 가족의 전폭적인 지지와 응원 때문이라고 확실하게 말하지 못한다. 모든 게 가족이나 친구의 덕분이라고 말하는 사람은, 물론 진심으로 그렇게 느끼기도 하겠지만, 종종 감사와 겸손 때문에 그렇게 말하는 것이다.

문제는 스스로를 긍정하지 못하고 방황하는 경우다. 그렇게 된 이유가 가정 환경 때문이든 어렸을 적 끔찍한 경험 때문이든, 그들은 자신에게 어떤 장점이나 특징이 있는지 모른다. 혹여 특징을 알더라도 그게 장점이 맞는지는 확신하지 못한다.

성향을 파악하는 일은 이럴 때 더욱 절실해진다. 어느 한 사람이 처한 '억압적 상황'은 그의 근본 성향을 지우려고 한다. 하지만 역설적으로, 그 근본 성향을 드러내기도 한다. 이를 알려면 억압적 상황 자체보다는 그 상황에서 그가 어떻게 반응했는지를 살펴야 한다.

만약 미술의 길을 걷겠다고 선언한다면 남들에게서 현실을 모른다며 핀잔을 들을지도 모른다. 그때 누군가는 쉽게 수긍하며 포기하겠지만, 또 다른 누군가는 크게 상처를 받을 것이다. 이 지점에서 크게 상처받은 사람은 그 상황을 오래도록 기억한다. 하지만 사람들은 대개 그 상황 자체를 기억하는 데 그친다. 당시에 자기가 어떤 마음이었는지, 그 순간을 왜 아직도 기억하고 있는지는 잘 돌아보지 못한다. 정말 중요한 건 이쪽이다.

사람은 살면서 여러 번 실패를 겪는다. 짜장면을 먹으러 나

왔는데 중국집이 쉬는 날이라는 사실을 뒤늦게 깨달을 수도 있다. 물론 이런 일이 상처가 되는 경우는 거의 없다. 그러나 사람은 자신이 생각하는 이상에 관해 늘어놓았다가 부정당했을 때, 그 이상이 부당한 취급을 받을 때 상처를 받는다. 그 이상이 자신의 근본 성향에 맞닿아 있기 때문이다. 인간은 자기가 간절히 바라던 게 좌절될 때 상처받는다. 바로 이런 점에서 상처는 자신의 근본 성향을 드러내는 증거가 된다.

과거를 추적해 이런저런 좌절의 순간을 찾으며 현재 자기가 처한 상황의 원인을 찾는 이유는 바로 거기에 있다. 그건 트라우마를 극복하거나 불면증을 치료하는 데 분명히 도움을 준다. 그러나 내가 말하고 싶은 건 마음의 안정이나 정신 질환의 치료가 아니다. 중요한 건 그 사람이 충격을 받은 이유다. 일상과 이상 사이의 어긋남이 그를 서서히 지치고 병들게 했다면, 그 상황은 세태에 저항하고자 했던, 그러나 좌절할 수밖에 없었던 그 사람의 중요한 능력을 보여주는 것이다.

그런 점에서 잠깐 시간을 내어 억눌려 있던 성향의 기원을 찾아내고 그걸 되살려야 한다. 그 끝에 나올 결론은 단순히 "그래 맞아, 나는 제빵사가 되고 싶었어"가 아니다. 자기가 늘 타인과 다른 방향을 보고 싶어 했다는 것, 그렇지만 어쩔 수 없이 타인의 요구에 따랐던 자신의 태도를 돌아봐야 한다. 그래야 자신이

곁눈질하던 곳이 어디였는지 파악하고, 당당하게 펼칠 수 없었던 스스로의 성향을 이해할 수 있다.

이제는 자기에게 일어난 일이 무언가 부족해서가 아니라, 언제나 고개를 내밀고 있던 자신의 성향 때문이라는 사실을 깨달을 차례. 이 성향을 결핍으로 여기는 대신 긍정적인 방식으로 풀어보는 것이다. "나는 비현실적인 인간이야"라는 말을 "나는 이상을 좇는 사람이야"라는 말로 번역할 수 있다. "나는 소심한 인간이야"라는 말은 "나는 다른 사람에게 귀를 기울일 줄 아는 인간이야"라는 말로 번역할 수 있다. 그러면 자신의 가능성이 이미 삶에서 어떤 방식으로 드러나고 쓰였는지가 오롯이 드러난다.

그러면 과거를 통해 현재를 이해할 수 있고, 더 나아가 미래를 바라볼 수도 있다. 성향과 능력을 깨달으면 미래가 드러난다. 인간의 성향은 변화 가능성을 지니고 있고 실제로도 변하기 때문이다. 내 성향을 능력으로 받아들이는 순간, 그것의 쓰임을 이해할 수 있다. 자신의 고유 성향을 긍정하는 데 늦은 때는 없다. 그것만이 우리가 유일하게 할 수 있으며 또 아주 시급하게 해야 하는 일이기 때문이다. 물론 그런 뒤에도 여전히 우리는 원하지 않는 말에 따르고 타협할지 모른다. 그러나 내 성향을 인지하고 분명히 긍정하고 있다면, 언젠가 내 능력을 발휘하기 위해 기회를 엿볼 수 있는 눈을 가지게 된다.

'있는 그대로의 나'를 받아들이라는 이야기는, 자기를 관상용 식물처럼 심어두고 좋은 점수를 매기라는 말이 아니다. 내 가능성을 인정하고, 성향을 긍정적인 방식으로 이해하며, 또 어디로 나아갈 수 있는지를 확실히 바라보라는 이야기다. 그렇게 '있는 그대로의 나'를 받아들이는 순간, 그는 평온한 행복 위에 머무르는 대신 자신감을 가진 태도로 바삐 움직이게 된다.

✧ ✧ ✧
구체적이고 분명한 가능성

모든 사람에게는 가능성이 있다. 그걸 누군가 알아줬을 때 예상치 못한 성과를 내고 큰 성취감을 얻는다. 설령 그 성취가 삶에서 발생하는 대부분의 문제를 해결해주지 못하더라도, 이런 기억은 삶에서 오랫동안 긍정적인 역할을 맡는다. 성취의 기억은 한 사람의 자존감과 자신감을 형성하기 때문이다.

이런 이야기를 하니 내 친구가 자신의 이야기를 들려줬다. 그 친구는 자기에게 장기가 하나 있다고 말했다. 바로 제기차기다. 자기는 제기를 이 세상에서 누구보다 오래, 그리고 많이 찰 수 있단다. 장기를 발견한 건 초등학교 때였다. 당시 그의 반에서는 체육 대회에 나갈 제기차기 대표를 한 명 뽑아야 했다. 이제는 얼굴도 잘 기억나지 않는 담임 선생님이 그에게 툭 던지듯 말했다.

"너 제기 잘 차더라, 한번 나가봐."

그는 바로 그날 제기를 하나 사서 집으로 돌아갔다. 그러고는 아무도 없는 집에서 혼자 연습을 했다. 제기가 앞으로 떨어질 때는 발을 앞으로 빼서 차보고, 제기가 뒤로 넘어갔을 때는 다리를 뒤로 젖혀서 차봤다. 그러면서 알게 됐다고 한다. '아, 나 이거 안 떨어트리겠다.' 선생님의 한마디가 그를 스스로 연습하게 했고, 이리저리 시험한 끝에 그는 자기가 제기를 잘 찬다는 사실을 깨달았다.

시간이 흘러 그는 군 복무 시절에도 제기차기 대회에 나갔다. 여러 중대의 제기차기 고수들을 물리치고, 끝까지 열정적으로 살아남아 모든 사람을 지루하게 했다는 것이다. 사람들은 이제 네가 우승이니까 그만하고 들어오라며 환호 섞인 야유를 보냈다. 이후로 쭉 그는 제기차기라면 누구에게도 뒤지지 않는다고 자부해왔다. 그는 지금 한 증권 회사에 다닌다. 제기 차는 능력은 주식의 변동을 예측하거나 주요 서류를 복사하는 데 하나도 도움이 되지 않는다. 그러나 그 이야기를 들려줄 때 그는 자부심으로 가득 차 활기가 넘쳐 보였다.

책을 쓰면서 나는 사람들이 자기 스스로를 얼마나 모르는지 주변 사람과 직접 이야기를 나누며 함께 알아보려고 했다. 그 과정에서 새로운 사실을 알았다. 잘 알고 지낸 친구들에게 내가 미처 몰랐던 모습이 너무나 많다는 것이었다. 그리고 또 하나, 내가 그들을 모르는 만큼 그들도 자신을 잘 몰랐다. 하루는 친하게 지내는 동생과 통화를 하다가, 내가 주목하고 있던 이 문제에 관해 이야기를 꺼냈다. "사람들이 자신의 능력을 제대로 모른다, 그 증거로 예상치 못한 선물이 있다, 타인이 우리를 더 잘 알기도 한다." 대체로 이런 이야기였다. 그는 내 이야기가 지나치게 추상적이어서 잘 와닿지 않는다고 말했다. 나는 그에게 무엇을 했을 때 행복했고 큰 성취감을 느꼈는지 생각해보라고 말했다.

그가 대답을 하는 데에는 조금 시간이 걸렸다. 문득 그는 유소년 축구부 아이들을 돌보고 도와줬던 게 생각난다고 대답했다. 그 시간이 즐거웠단다. 그 말을 들으니, 그 친구가 학원 선생 일을 하면서 아이를 가르치는 일에 보람을 느낀다고 말한 게 생각났다. 그리고 그가 자신의 여동생과 늘 친구처럼 이야기를 나눈다고 말한 것도 생각났다. 단편적인 기억이 조금씩 연결되는 듯했다. 나는 조금 더 이야기해보라고 말했다. 그는 자기가 축구부 아이들과 이렇게 저렇게 씨름 같은 걸 하고 놀았고 아이들이 웃는 게 보기 좋았다고 말했다. 나는 그제야 깨달았다. 그는 아이들과 놀아주고 그들의 잠재 능력을 일깨우는 일에 흥미와 소질이 있었다. 가능성은 그의 말과 행동에 이미 드러나 있었다. 여동생과 친구처럼 잘 지내는 오빠는 많지 않다. 아이들과 어려움 없이 놀아주는 어른도 드물다. 생각보다 많은 사람이 아이들은 말이 통하지 않는다고 싫어하거나, 아이들의 짓궂은 장난과 시끄러운 소리를 못 참는다. 하지만 그는 그 안에서 즐거움을 찾았던 것이다.

그가 요즘 무기력과 스트레스에 시달리는 이유도 알 것 같았다. 그는 자신의 특성과 재능을 모르고 있었다. 억지로 대학 생활을 하고 사회에서 요구하는 취업 준비를 하느라 스스로를 잃고 불만에 시달리고 있었다. 그러면서 막연히 외국어를 공부하고 스트레스를 받았다. 물론 늘 하고 싶은 것만 하며 살 수는 없다. 그러나 애초에 자기가 무엇을 좋아하고 어떤 주제에 관해 자유롭게 말할 수 있는지를 다른 사람의 의지 때문에 잊어버렸다. 하지만 그가 좋아하고 잘하는 건 여동생과 친구처럼 이야기를 나눌 때, 아이들과 어울리며 웃을 때 이미 드러났던 것이다. 그에게는 무엇보다 자신의 재능을 인정하고 스스로를 독려하는 시간이 필요했다.

하지만 아무도 그걸 이야기하거나 칭찬해주지 않았다. 흔치 않은 데다 중요한 특성이었는데 말이다. 그렇게 자신의 가치를 잊고 스스로를 찾지 못한 사람은 사회에서 제시하는 기준에 휩쓸려 방황한다. 자기 자신을 사랑해야 한다. 맹목적으로 스스로의 소중함을 강조하라는 말이 아니라, 자신의 특성을 인정하고 지켜보며 개발해야 한다는 뜻이다.

단순히 길을 걷다가 고양이를 보고 귀여워서 한번 쓰다듬고 가는 행동도 그 사람의 인간성을 어느 정도 드러낸다. 누군가는 뒤따라오는 사람을 위해 문을 잡아주고, 어떤 이는 다른 사람의 말을 방해하고 싶지 않아 이야기가 끝날 때까지 차분하게 기다린다. 그런 행동의 바탕에는 이미 그 사람의 능력이 숨어 있고, 그걸 깨닫고 주의 깊게 바라보는 순간 그 능력을 차근차근 개발할 수 있게 된다.

나는 그 친구에게 이런 실마리를 발견했으니 이걸 가지고 새로운 기회를 찾을 수 있지 않겠냐고 말했다. 가끔은 아이들을 보러 봉사활동을 나갈 수도 있고 아이 교육에 관련된 책을 보거나 그에 맞춰 새로운 걸 공부할 수 있다. 비록 그게 네 미래를 결정해주지 않더라도, 삶을 살아가는 데 너를 지켜줄 중요한 보람이 될 것이다. 나는 너와 다르다. 그건 네 고유한 성향이다. 네 그런 모습은 칭찬받을 만하고 또 더 발전할 수 있다. 이에 그는 무언가를 깨달은 듯 고맙다고 말했다.

나는 기뻤지만 한편으로는 씁쓸했다. 내가 이런 가능성에 주목하고 이야기해줄 때마다 자신의 기분이 달라졌다며 새로운 가능성을 보게 되었다고 말하는 사람들이 있었다. 그 대화는 이들이 자신의 고유한 가능성을 제대로 인정받지 못해왔다는 말처럼 들렸다. 가능성은 언제나 이들의 일상에 너무나 분명하게 드러나 있었는데 말이다. 정말로 많은 사람이 독려와 응원 하나 받지 못한 채 스스로를 상실하고, 단순한 영어 단어 암기와 공무원 시험을 위해 스스로를 채찍질한다.

물론 영어 공부와 공무원 시험 준비는 꿈을 이루기 위해 반드시 필요한 수단일지도 모른다. 그러나 우리의 꿈은 무엇인가. 우리는 무엇을 할 때 눈을 가장 반짝였을까. 나라는 사람을 그대로 사랑하기엔 우리는 스스로를 모르고 있었다. 사람들은 칭찬받고 인정받을 수 있다는 사실을 이미 너무 많은 이유로 잊고 있다. 자존감을 상실하고 어두운 방 안에 누워, 외워야 할 책을 뒤로하고 웅크린 채 하루가 가기를 그저 기다렸다. 그러면서 또 헛되이 하루가 가버렸다는 생각에 자괴감에 빠져 잠이 들었던 것이다.

우리는 먹고살기 위해 얼마간 사회에서 요구하는 것들을 해야 할지도 모른다. 또는 그런 요구가 개성을 죽이고 우리를 억압한다며 반항해야 할지도 모른다. 하지만 양쪽 모두를 위해서,

당신은 진정한 의미로 자기를 존중할 수 있어야 한다. 당신을 그냥 그 자체로 사랑하는 건 이미 당신에 대한 평가 절하다. 당신은 이미 그 이상이고, 당신은 스스로 미안함을 느껴야 할 정도로 자신을 모른다.

사람들은 한결같이 평범하지 않다. 다들 너무나 다양하고 특별하며, 각자의 삶 안에는 놀랄 만한 사연이 있다. 나는 사람들의 이야기 안에서 살아 있는 이야기를 만날 수 있었다. 그들의 훌륭한 성취와 나름의 노력은 내게 귀감이 되었다. 어떤 때는 슬프고 어두운 이야기에서조차, 그 사람이 살아 있다는 사실만으로도 고맙다고 말하고 싶었다. 그 사람이 숨을 내쉬고 들이쉬는 것조차 특별하다는 게 아니라, 그 사람의 응축된 역사가 그의 어깨를 짓누름에도 그가 스스로를 짊어지고서 살아 있다는 점에서 고마웠다는 뜻이다.

어떤 사람은 글을 잘 쓰는데도 그게 아무런 의미도 낳지 못할까 두려워 글을 쓰지 않는다. 어떤 사람은 회의감에 빠져서 자신이 할 수 있는 일을 하지 못한다. 나는 이게 유행처럼 번지는 것에 분노했다. 그러나 실제로 그들의 이야기를 듣고 알아갈수록 그건 화를 낼 일이 아니라 슬프고 아픈 일이었다. 그들은 정말로 자신의 가능성을 모른다. 하지만 알아야 한다. 가능성을 알고 그걸 이뤄내는 사람들이 있다. 그런 가운데에서도 삶과 마주하며 싸워 이기는 사람들의 이야기는 감동이 된다.

나는 천천히 사람들을 바라보고, 그들이 어떤 모습을 가지고 있는지 스스로 깨닫게 해주는 일을 하고 싶다. 내 역할은 위로가 아니라 칭찬과 격려라고 생각한다. 자기에게는 그런 가치가 없을까 두려워할 필요는 없다. 모든 인간은 가능성 안에 잠들어 있기 때문이다. 그걸 일깨우는 일은 스스로의 역할이 아닐 수도 있다. 가능성은 종종 다른 사람의 손으로 드러난다.

어느 시기부터인가 인간은 어머니가 더 이상 자기를 깨워주지 않을 거라는 사실을 알고 불안에 떤다. 스스로 일어나야 한다. 고독한 삶 안에서 그들은 자신이 무엇을 더 할 수 있는지 잊어버린다. 정신 차리고 공무원 시험 준비나 하라는 냉혹한 아버지의 충고가 아니다. 사소한 분위기 하나를 개선해서 내 삶을 일으켜 세우는 소소한 즐거움에서부터 시작할 수 있다. 말 하나로 분위기를 바꿀 수 있고, 우리는 그렇게 해주는 즐거운 인간들이 어떤 사람인지 알 수 있다. 그들의 재능을 빌리지는 못하지만, 나는 내 나름의 방식으로 삶의 공기를 바꿀 수 있다.

정말로 당신은 더 잘났다. 당신이 아는 것보다 더 할 수 있는 인간이다. 나 자신을 다독이라는 말은 자신을 미래로 떠밀어야 한다는 이야기다. 당신은 할 수 있다. 나는 당신이 지나온 역사가 좋다. 그 안에서 겪어온 힘든 일을 낭만적으로 보는 게 아니다. 그런 일을 겪고도 살아 있어서 고맙다. 더 살아갈 수 있고, 더 다양한 방식으로 살아갈 수 있다. 나는 당신의 미래가 무엇일지 모른다. 그러나 이야기하고 가꾸고 돌아보면 그 안에서 오직 당신만이 가진 가능성의 실마리를 발견할 수 있고, 하고자 한다면 할 수 있을 것이다. 그 끝에 어떤 자기만의 직업과 돈벌이가 있으리라는 예언이 아니다. 그보다 더 깊은 곳에 잠들어 있는 나 자신의 존재와 삶에 관한 이야기다. 잠들어 있을 때는, 사소하지만 깊은 곳에 있는 사실에서부터 시작하는 게 좋을 것이다.

내가 나를
일으켜 세운다는 것

만화 〈찰리 브라운 Peanuts〉에는 과묵하지만 똑똑한 라이너스라는 친구가 나온다. 라이너스는 늘 담요를 들고 다닌다. 이런 특정 물건에 대한 집착증은 유년기 아이에게 종종 나타난다. 라이너스처럼 학교에까지 가져오지는 않지만, 자신이 늘 베고 자는 베개와 인형 같은 것에 애착을 보이는 심리 현상이다. 신기하게도 라이너스의 담요를 설명하는 심리학 용어가 따로 있는 게 아니라서, 이런 현상에 '라이너스의 모포'라는 용어가 붙었다.

어쨌든 학교에까지 담요를 가지고 다니는 걸 보면 친구들이 그를 이상하게 볼 법도 하다. 항상 어딘가 모자란 구석이 있는 찰리 브라운은 라이너스에게 궁금증이 생겨 묻는다. "너 담요 가지고 다니는 거 사람들이 뭐라고 안 해?" 그러자 라이너스는 찰리 브라운에게 동전이 있으면 한번 던져보라고 말한다. 찰리 브라운은 동전을 공중에 던진다. 라이너스는 그 동전을 자신의 담요로 정확하게 맞혀 그 동전을 날려버린다. 그러고는 말한다.

"봤지? 아무도 나한테 뭐라고 못 해."

우리는 모두 어딘가 엉뚱한 구석이 있고, 남들 앞에서 떳떳하게 내세우지 못할 취미나 습관이 있다. 중요한 건 그걸 마치 지워버려야 할 이상한 구석으로 여기면 안 된다는 점이다. 물론 다른 사람에게 피해를 주는 습관은 고쳐야겠지만, 지금 주목해야 할 건 자기가 먼저 성급하게 숨기려 하는 습관이나 성향이다. 이걸 그저 억누르기만 하면 자신의 에너지는 제대로 발현되지 못한다.

나는 여기서 라이너스의 태도에 주목하고 싶다. 자신이 가진 걸 타인과 세상 앞에서 꺾지 않을 때, 나는 내 능력을 지켜내고 세상과 타인의 비난으로부터 자유로워진다. 이렇듯 굽히지 않는 태도는 내가 어떤 상황과 사람들 사이에 놓여 있느냐에 따라 달라진다. 하지만 중요한 건 먼저 내 안에 어떤 성향이 있는지를 깨닫는 것이다. 그걸 단지 부끄럽고 숨겨야 할 것으로만 여기면 나는 내 안에 도대체 무엇이 들어있는 줄도 모른 채 스스로의 성향을 방치하게 된다. 그러다 보면 그 성향은 더 좋지 않은 방식으로 튀어나온다.

유명한 디즈니 영화 〈겨울 왕국〉에서는 선천적으로 얼음 마법을 쓸 수 있는 공주 엘사가 주인공으로 나온다. 엘사는 그 능력으로 동생 안나와 놀다가 그녀를 다치게 하고 만다. 그 이후로 엘사는 자신의 능력에 공포를 느끼고 방 안에 갇혀 은둔 생활을 이어간다. 안나는 계속해서 엘사와 이야기를 나누려 하지만 그럴수록 엘사는 더욱 도망친다. 그녀를 위로해주는 사람은 아무도 없었으며, 오히려 그녀의 힘을 통제하고 억누르기 위해 늘 장갑을 끼게 했다. 억압과 두려움 때문에 그녀는 더 폭주했다. 결국 자신의 능력을 조절하지 못하고 안나에게 큰 상처를 주게 된다.

더 큰 피해를 줄까 겁이 난 엘사는 아예 왕국을 떠나 산꼭대기로 도망친다. 하지만 그게 꼭 나쁜 선택은 아니었던 것 같다. 그녀는 아무도 보지 않는 곳에서 자신의 모든 힘을 개방하고 자기만의 겨울 왕국을 만든다. 모든 걸 놓으라Let it go 라는 노래가 우리에게 해방감을 준 이유는 그녀가 포기를 선언했기 때문이 아니다. 그동안 자신의 본래 모습을 억누르던 걸 모두 털어내고 자신의 능력으로 진정한 면모를 드러냈기 때문이다.

모든 게 두렵고 힘들 때는, 아무도 보지 않는 곳에서 자기가 가진 걸 마음대로 실현해보는 게 도움이 된다. 그러면서 자기 능력의 어떤 부분을 어떻게 사용할 수 있는지 알아가는 것이다. 그래서 사람들은 홀로 여행을 떠나거나 낯선 사람을 만난다. 그게 도움이 되는 이유는 자신을 제약하는 권태에서 벗어나 새로운 시도를 해볼 수 있기 때문이다. 내 주변에 있는 사람들은 나를 오랫동안 본 만큼 내 모습에 편견을 가지곤 한다. 그런 편견에 내가 스스로 갇혀버리기도 한다. 그게 계속해서 스스로의 목을 조르는 것처럼 느껴진다면, 혼자만의 시간을 갖거나 낯선 사람과 어울리며 스스로를 다시 발견해야 한다.

그 시간 안에서 나는 스스로의 힘을 다루는 방법을 배운다. 힘을 다루는 방법은 내 최대와 최소를 시도할 때 드러난다. 직접 최선을 다해서 달려보지 않는 이상 자기가 백 미터를 몇 초에 뛸 수 있는지는 아무도 모른다. 내가 직접 부딪혀봐야 한다. 그때 우리는 살금살금 걷는 일조차도 자기 자신을 다룰 줄 알아야 이뤄진다는 사실을 알게 된다. 그렇게 자신을 다루는 법을 배운 엘사는 왕국에 돌아와 자기 힘으로 지독한 겨울을 끝낸다.

우리는 모두 어떤 점에서 괴물, 또는 아주 보잘것없는 존재일 수 있다. 내가 나를 모르고, 자신의 능력을 잘 사용하지 못하기 때문이다. 자기를 알아주는 사람을 만나거나 스스로에게 걸맞은 일을 할 수 있어야 한다. 어떤 사람은 직업을 바꾸고 또 어떤 사람은 늘 새로운 마음으로 사람을 만난다. 지속적인 응원과 대화를 나눌 기회만 있다면 직업은 어떻든 상관없다고 말하는 사람도 있다. 그들은 일 자체를 통해 행복을 얻는 게 아니라, 일터에서 마주치는 사람들을 보살피고 도우면서 행복을 얻기도 한다. 그렇게 느끼는 이유의 뒤꼍에는 자신의 본능적인 능력과 성향이 있다.

이게 바로 자신을 옳게 사용하는 방법이다. 스스로의 근본적인 욕구와 성향을 능력으로 인정하고 그 능력을 잘 사용하는 법을 익히는 것이다. 세상에 무능력한 인간은 없다. 자신의 능력을 잘 사용하지 못하는 인간이 있을 뿐이다. 그런 사람이 무기력에 빠진다. 무기력은 자기가 가진 걸 지나치게 과소평가할 때 우리를 덮친다. 그때 사람들은 차라리 자신의 능력 자체를 억누르거나 없는 것으로 치부한다. 그러면 더 괴로워진다. 스스로를 인정하고 잘 사용할 때, 우리는 비로소 살아 있다고 느낀다.

✦ ✦ ✦
나는 아직 무언가 되지 않은 존재

무기력한 사람을 일으켜 세우는 일은 아이를 교육하는 것과 비숫해야 한다. 아이를 어떻게 교육해야 할까? 루소는 관념을 가르치지 말고 먼저 경험하게 하라고 말한다. 아이들은 사랑, 정의, 책임 같은 관념이 뭔지 모른다. 만지고 느끼고 체험하면서 자신의 가능성을 스스로 깨닫는다. 자기가 누구보다 빨리 달릴 수 있다는 걸 깨달을 수도 있고, 더 섬세하게 사물을 따라 그릴 수 있다는 사실을 깨달을지도 모른다. 무엇보다 자신이 그걸 아주 좋아한다는 사실을 깨달을 수도 있다. 삶이라든가 책임, 죽음 같은 걸 마주하려면 조금 더 오랜 시간이 필요하다. 어른들도 그렇게 해보는 게 중요하다. 근원적인 불안이나 무기력한 권태에 빠져 있을 때, 그때는 관념적인 위안을 얻는 것보다 우선 무언가를 체험하고 느끼는 게 낫다. 어딘가로 훌쩍 떠나는 여행은 분명 도움이 된다. 아니면 무언가를 만들어보고, 새로 배울 만한 걸 찾으며 내 가능성을 확장해보는 것도 좋다.

나를 괴롭히는 일을 잠시 제쳐두는 것도 좋다. 이것도 일종의 도피이긴 하지만, 계속해서 스트레스를 받는다면 잠시 눈을 돌려서 좋은 것들을 보는 게 나을지도 모른다. 하지만 그 시간이 의미 없는 소비를 하거나 스스로를 안심시키는 데 그쳐서는 안 된다. 나를 가르치고 움직일 정도로 즐거운, 생산적인 활동을 하는 게 좋다. 그림을 그리는 것일 수도 있고 뜨개질일 수도 있고 십자수일 수도 있다. 루소는 우리가 '장인'이 되어야 한다고 말했다. 무언가를 만들 수 있는 사람이 되자. 소비하는 삶은 순간의 쾌감을 줄 뿐이다.

가끔은 겁이 날지도 모른다. 책 한 권 읽는 것도 너무 길고 어렵다. 어떤 사람들은 나보다 훨씬 독서를 많이 했을 텐데 이제 와서 무언가를 읽는 게 무슨 소용인가 싶다. 하지만 비교를 다른 사람과 하지 말고 나 자신과 해라. 오늘 내가 한 장이라도 읽는다면, 나는 어제보다 한 장을 더 읽은 하루를 보낸 것이다. 절망과 열등감에 둘러싸여 그저 보내버린 하루보다 한 발 더 나아간 셈이다.

다른 사람은 무언가를 배우고 싶을 때만 보면 된다. 그들을 보며 절망을 느끼지 말고, 나보다 잘하는 사람이 있다면 그에게서 요령을 배워라. 그러면 둘 사이의 차이를 줄일 수 있고, 나중에는 그 차이보다도 스스로의 발전에 더 집중하게 된다.

교육학자 존 듀이는 '처방적' 교육이 아니라 '서술적' 교육을 이야기한다. 섣불리 처방을 내리고 강요하는 대신, 실제로 아이에게 말을 할 때 어떤 일이 일어나는지를 살펴야 한다. 예컨대 내가 무기력한 건 내 탓일지도 모른다. 내가 스스로를 방치한 것이다. 그러니 내가 책임을 져야 한다. 하지만 이 처치는 단순한 처방일 뿐이다. 우리는 스스로를 책임져야 한다는 완고한 말에 오히려 활기를 잃는다.

그때는 자기가 느끼는 책임감에 비추어 내게 어떤 일이 일어나고 있는지 파악하고, 내게 활기를 주는 걸 구체적으로 찾아서 실천할 수 있어야 한다. 오늘은 책을 한 장이라도 읽어본다. 너무 많은 기대를 하지 마라. 그리고 음미해라. 그런 뒤에 내게 어떤 일이 일어나는가? 아무 일도 일어나지 않을 수 있다. 나를 떠나간 사람은 여전히 돌아오지 않고 취직은 여전히 안 되며 어머니나 아버지는 여전히 아플지 모른다. 바꾸기 어려운 건 뭘 해도 안 바뀐다. 하지만 계속해서 무언가 작은 실천을 이어가야 한다. 어질러진 방을 치운다. 관심 있는 작가의 전시회에 한번 찾아간다. 나는 뭘 느끼고 또 어떻게 변화하는가? 팔 굽혀 펴기를 더도 말고 10회만 해본다. 아무런 변화가 없다. 그래도 내일 또 10회만 해본다. 근육통에 시달린다. 하루를 쉬었다가 다시 해본다. 그러다 보면 어느새 근육통이 사라진다. 부끄러운 마음을 참고 그림을 배워본다. 첫 시간의 어색함은 언젠가 사라진다. 하나도 모르던 내가 무언가를 하나라도 더 배워간다. 나는 이제 연필도 잘 깎는다. 처음에는 코 수조차 틀리던 뜨개질도 이제는 안뜨기와 겉뜨기를 섞어가며 변주할 줄 알게 된다.

내가 나를 기다리고 있다. 나는 그 자체로 소중한 존재가 아니다. 나는 무언가 더 되어야 할, 아직 무언가 되지 않은 존재이다. 소중함은 바로 그런 가능성에 깃든다. 가능성을 깨닫기 위해 내 존재를 깊게 파고들 필요는 없다. 그저 하나씩 체험하면서 나를 실험하면 된다. 전혀 어렵지 않다. 휴대폰을 들어 지하철 앱을 켜보자. 수많은 역 중에 가보지 않은 곳이 얼마나 많은가. 버스 노선을 찾아보자. 내가 가지 않은 곳이 얼마나 많은가. 아무 곳이나 하나 찍어서 다녀와 보자. 이런 세계 안에도 사람이 산다. 내가 사는 동네의 골목골목을 다녀보자. 나는 내가 사는 곳조차 어떻게 생겼는지 모르고 있었다. 지나치면서 슬쩍 보기는 했어도 한 번도 가본 적 없는 저 모퉁이 뒤에는 무엇이 있을까. 내 주변부터 시작해볼 수도 있다. 우리는 휴대폰이라는 작은 창구 안에서 더 넓은 세상을 본다고 착각하지만, 사실은 아주 작은 부분도 체험하지 않고 있다. 한번 그것부터 해보자. 정말로 어렵지 않다.

하나씩 해보는 거다. 어렵다, 두렵다, 불안하다. 그게 정말로 의미 있는 두려움이고 불안일까. 나는 원한다면 달릴 수 있고, 또 하루에 조금씩 하는 운동을 하며 더 강해질 수 있다. 무기력에서 벗어나려면 무언가 해야만 한다. 거창한 게 아니다. 스스로를 위해 조금씩 실험을 하자. 나는 한 번도 내 것이 아니었던 적이 없다. 내가 한 번도 살펴보지 않은 우리 동네 골목처럼, 나 자신도 세세하게 지도로 그려진 적이 없었을 뿐이다. 나를 살펴봐야 한다. 그러기 위해서는 체험하고 느껴야 한다.

언제나 타인에게 소중하거나 위대한 사람일 수는 없다. 하지만 나 자신에게는 그래야 한다. 나를 존경하라는 이야기가 아니라, 나를 가꿔야 할 사람으로 대우하라는 뜻이다. 나를 위해 입고 먹고 단련해라. 아직 끝나지 않았다. 무기력의 가운데에서 이 말은 두렵고 버겁게 들릴지 모르지만, 아직 우리에게 희망은 있다. 좋은 일이 찾아오리라는 낙관이 아니다. 재앙이 덮쳐도 어제보다는 더 나은 오늘의 내가 되어서, 재앙에 대항할 수 있으리라는 희망이다. 그때 우리에게 패배는 없다.

✢ ✢ ✢
천재를 이기는 법

종종 "우리는 어차피 평범한 인간에 불과하므로 차라리 죽는 게 낫다"라든가 "아무 짓도 안하는 게 이득이다"라는 말을 듣는다. 나아가 포기만이 유일하게 천재를 이기는 행복한 방법이라고 말하는 사람도 있다. 그들이 어떤 생각으로 이런 인생 지론을 펼치는지는 정확하게 알 수 없다. 따라서 저 주장에 영감받은 사람들을 싸잡아 이런저런 평가를 내리는 건 부당하다. 그러나 한 가지, '천재를 이기는 법'이라는 발상 자체가 난센스라는 점은 지적하고 싶다.

천재를 이기지 못한다는 말은 도대체 무슨 뜻일까? 플레밍처럼 페니실린을 개발하지 못한다? 라이트 형제처럼 비행기를 발명하지 못한다? 아인슈타인처럼 상대성 이론을 도출하지 못한다? 이런 업적은 천재가 아니라서 못 세우는 게 아니라, 그냥 누구도 해내기 힘든 일이다.

지극히 평범한 사람이 천재 앞에 절망한다는 이야기는 찾기 어렵다. 정말이다. 평범한 사람은 천재를 보고 진심으로 절망할 수 없다. 진짜 절망은 오히려 김연아와 아사다 마오의 대결이나 모차르트와 살리에리의 야사처럼, 엄청난 경쟁 끝에 한쪽이 뒤처질 때에야 생겨난다. 2등이 되기 위해서도 엄청난 재능이 필요하다. '천재 앞에서의 절망'은 진정한 고수들의 싸움에서나 일어난다.

평범한 사람으로서 진짜 절망을 맛보고 싶다면, 아인슈타인이나 김연아를 보는 대신 시장에 가는 게 낫다. 그곳엔 정말로 많은 사람이 열심히 살고 있다. 다들 오성급 호텔의 셰프가 아니지만 열심히 음식을 고른다. 부침 가루를 사는 사람은 그날 부침개를 먹을 것이다. LA 갈비를 사는 사람은 직접 핏물을 빼고 양념에 재웠다가 내일쯤 구워 먹을 것이다. 평범한 사람도 할 수 있는 일이지만, 그 안에는 각자의 생생한 노력과 즐거움이 배어 있다. 아무것도 안하는 인간은 오성급 호텔의 셰프는

고사하고 부침 가루와 물을 섞는 방법도 모른다.

이렇듯 평범하지만 열심히 사는 사람 앞에서 겪는 좌절이야 말로 '천재 앞에서의 절망'보다 슬프다. 사람들은 어울린다. 요리를 배워 주변 사람에게 대접하고, 뜨개질을 배워 목도리나 장갑을 선물한다. 백화점 기성품을 선물하더라도 포장하고 편지를 쓰는 데에는 기술이 필요하고 사소한 노력과 공을 들여야 한다. 천재를 기술로 이길 수는 없어도, 많은 사람이 천재를 넘어서는 정성으로 무언가를 만들어 주변 사람과 나누고 있다.

평범한 사람에게 '천재 앞에서의 절망'은 없다. 천재 앞에서 절망할 수 있다면, 이미 그 사람의 삶은 저 먼 곳까지 나아가 있다. 살리에리의 삶이 실제로 얼마나 대단했는지를 보면 알 수 있다(사실 살리에리와 모차르트의 이야기는 많은 부분 왜곡되어 있다. 야사를 예시로 들면 그렇다는 이야기다). 천재 앞에서 절망할 만한 재능을 가진 자는 이미 어느 정도 욕심과 야망으로 가득 찬 능력자다. 그들은 이미 충분한 재능과 재산으로도 채울 수 없는 절망을 겪는다. 피아노 교습만으로도 먹고사는 데에는 지장이 없지만 그 이상의 재능, 천재의 작곡 능력을 바라보며 절망하는 것이다.

혹시 당신이 생각하는 천재가 아인슈타인이나 라이트 형제나 스티브 잡스가 아니라면, 그 사람은 누구인가? 혹시 당신보다 사회생활을 잘하고 보고서도 척척 써내는 재능을 가진 사람인가? 그 사람이 천재라서 그런 평범한 생활을 훌륭하게 하고 있을까? 나는 그렇게 생각하지 않는다. 정말로 그렇다면 그 사람이 평범한 일을 어째서 훌륭하게 하는지를 지켜보고 배워라. 그 사람은 요령을 알고 있다. 직장 업무가 아니라 뜨개질이나 그림을 배울 때도 마찬가지다. 엉망진창으로 코 수를 틀리거나 수채화 물감 하나 물에 제대로 풀지 못할 때, 그걸 잘하는 사람의 요령을 살피고, 그래도 안 되면 물어봐라.

우는소리를 하지 말라는 게 아니다. 어쩌면 어머니와 아버지의 마음으로 이렇게 말해줄 수도 있겠다. 그래, 너는 천재가 아닐지도 몰라. 하지만 아무 가치 없는 사람은 아니란다. 너는 여전히 무언가를 할 수 있단다. 같이 자전거를 타러 가자. 같이 세상을 보러 가자. 새로운 걸 보고 느끼고, 스스로 어디까지 할 수 있는 사람인지 알아보자. 세상은 마음대로 되지 않는단다. 하지만 우리 할 수 있는 것부터 한번 해보자. … 당신은 이미 자기 나름의 방식으로 대단하고, 아직도 당신은 스스로가 어째서 대단한지 하나도 모르고 있다. 그걸 알아가는 방법이 있고, 그 방법은 어렵지 않다.

✦ ✦ ✦
완벽주의의 두 얼굴

종종 스트레스와 무기력의 원인을 완벽주의라는 정신적 태도에 돌리는 경우가 있다. 일을 잘하지 못할까 봐 도리어 아무것도 못 한다는 고백을 들었을 때 어떤 사람은 단순히 완벽주의를 버리라고 조언을 한다. 그러나 이 말은 "스트레스를 받지 않으려면 스트레스를 받지 말아야 한다"라는 말과 같다. 우리는 완벽주의를 조금 더 섬세하게 이해해야 한다. 정말로 완벽주의가 잘못일까? 그렇다면 완벽주의는 도대체 어떻게 악영향을 줄까? 나는 의문이 들었다. 완벽주의가 말 그대로 '완벽을 추구하는 태도'라면, 그 사람의 결과물은 완벽하지 않으려고 하는 사람들, 이를테면 엉망주의자의 결과물보다 나을 것이다. 만약 어떤 일이나 프로젝트를 완벽하게 하려고 하는데 오히려 일을 대충 하는 사람의 결과물보다 부족하거나 능률이 떨어진다면, 그건 완벽주의라고 부르기보단 그냥 일을 제대로 못 하고 있을 뿐이라고 말하는 게 낫다.

의문을 확실히 풀고 싶어 논문을 뒤졌다. 그러다 〈완벽주의와 자기구실 만들기 간의 관계〉(오지은, 임성문, 추상엽, 2011)라는 논문을 찾았고, 조금 더 명료한 대답을 얻을 수 있었다. 그리고 이 논문이 지금 내가 주목하는 주장에 중요한 근거가 될 수 있으리라는 생각이 들었다. 만약 자기가 완벽주의 때문에 고통받고 무기력에 빠지고 능률이 떨어졌다면, 지금 이 내용에 주목하는 게 좋을 것이다.

우선 자기가 어떤 완벽주의에 시달리고 있는지 스스로 점검해보자. 논문의 저자들은 완벽주의를 세 가지로 분류한다.

1) 자기 지향적 완벽주의
2) 타인 지향적 완벽주의
3) 사회적으로 부과된 완벽주의

'자기 지향적 완벽주의'는 스스로 높은 잣대를 세우고 자신을 엄격하게 파악하는 것이다. '타인 지향적 완벽주의'는 그 잣대를 남에게도 적용하는 것이다. 마지막으로 '사회적으로 부과된 완벽주의'는 다른 사람이 부과한, 비현실적으로 높은 기준을 충족시키길 바라며 자신의 수행을 엄격히 평가하는 것이다.

저자들은 '자기 지향적 완벽주의'와 '사회적으로 부과된 완벽주의'에 초점을 맞춘다. 그리고 두 완벽주의와 '자기 구실 만들기' 사이의 상관관계에 주목한다. '자기 구실 만들기'란 실패가 예상되는 상황에서 자존감을 보호하기 위해 스스로 구실을 만들어 일을 미루거나 아예 하지 않으려는 행위를 가리키며, 지연 행동이나 시험 불안, 우울, 변명과 같은 모습으로 나타난다. 다시 말해, 아무런 일을 할 수 없다고 느낄 정도로 무기력한 사람은 여기서 말하는 '자기 구실 만들기'를 하는 것이다. 보통 이런 문제의 원인으로 완벽주의가 지목되곤 하는데, 논문의 저자들은 연구를 통해 이를 검증하려 한다.

결론은 이렇다. '자기 지향적 완벽주의'는 '자기 구실 만들기'를 줄였고, '사회적으로 부과된 완벽주의'는 '자기 구실 만들기'를 늘렸다. 즉, 자기가 스스로 부여한 완벽주의적 태도가 강할수록 그 사람은 일을 미루거나 불안과 우울에 빠지지 않았고, 다른 사람의 기준에 따른 완벽주의적 태도가 강할수록 일을 미루고 불안과 우울에 빠졌다. 완벽하려고 하는 '태도' 자체는 문제가 아니고, 자신이 완벽하게 맞추려고 하는 '목표'가 진짜 문제다.

여기서 우리는 확실히 알 수 있다. 우울증과 무력감을 일으키는 완벽주의는 천재나 위인의 강박적 완벽주의와 다르다. 스스로 원하는 성과를 이루기 위해 자기를 과도하게 밀어붙이는 사람은 스트레스에 시달리면 시달렸지 자기변명이나 '아무것도 하지 않았음'에 고통받지는 않기 때문이다.

무기력, 우울, 일을 하는 데 지나치게 뜸을 들이는 태도는 '사회적으로 부과된 완벽주의'의 결과다. 사실 이건 완벽주의가 아니라 사회 전반에 강요되는 스트레스의 결과라고 볼 수도 있다. 학업을 성취하거나 전형적 삶을 살도록 시달리는 사람이 회피성 태도를 보이는 것이다. 즉, "너무 완벽하게 하려고 하니까 아무것도 할 수 없어요"라는 토로의 '완벽하게'라는 건 스스로 정한 목표가 아니라 사회가 덮어씌운 목표다. 사람들이 우울하고 아무것도 하기 싫어하는 것도 당연하다. 하고 싶어서 하는 게 아니라 강요당해서 하는 일이기 때문이다.

두 가지 완벽주의를 구별하는 건 아주 중요하다. '자기 지향적 완벽주의'는 능률을 올리는 반면, '사회적으로 부과된 완벽주의'는 오히려 능률을 떨어트린다. 전자의 완벽주의를 가진 사람에게 완벽주의를 억누르라고 이야기하는 건 충분히 더 많은 성취를 이룰 수 있는 사람에게 적당히 하라고 말하는 것과 다름없다. 그들이 에너지를 건강하게 사용하고 잘 길러낼 수 있도록 방식을 알려주는 게 중요하다. 한편 후자의 경우에는 성취 목표를 낮추게 하거나, 아예 그 목표가 사회적으로 강요된 거짓 목표라는 점을 알려줘야 한다. 이건 정말로 중요하다.

이건 우리가 앞선 장에서 계속 이야기했던 내용이기도 하다. 두 자아가 충돌할 때, 내가 응원하는 나 자신은 내 스스로가 부여한 것인가, 아니면 타인과 사회가 부과한 것인가? 이 질문에 대답할 수 있을 때, 자기가 어떤 종류의 완벽주의에 시달리는지 이해할 수 있고, 그런 뒤에야 스스로에게 처방을 내릴 수 있다.

공부는 죽어도 하기 싫지만 공 하나만 주면 하루 종일 노는 아이가 있고, 과학 책은 들여다보기 싫어해도 소설과 글을 쓰는 아이도 있다. 그러나 이들이 결국 자신의 취미 생활에 흥미를 잃는 이유는, 세상이 그들의 고유한 능력을 쓸데없는 것으로 취급하기 때문이다. 그렇기에 나는 사회가 강제로 요구하는 가치의 무게를 조금 덜어내는 게 중요하다고 생각한다.

하지만 그만큼 자기 스스로에 대한 긍정이 이뤄져야 한다. 자기가 추구하는 완벽주의가 무엇인지 돌아볼 필요가 있다. 사회가 요구하는 시끄러운 말들을 한번 지워보자. 그리고 나 자신의 고유한 성향을 찾고, 그 가능성을 발견해서 발현시켜야 한다. 자기가 무엇을 좋아하고 무엇을 잘하는지 사회의 요구와는 전혀 상관없는 측면에서 생각해보는 것이다. 그건 공놀이와 글쓰기 같은 취미 생활에서 나타날 수도 있지만, 친구들과 관계를 맺으면서 나오는 자기만의 언어 습관과 개성에 배어 있을지도 모른다. 심성의 이면에 깔린 모습 하나하나에 대한 긍정에서부터 시작해 나 자신을 알아가는 것이다. 그러다 보면 구체적인 직업이나 진로를 찾을 수는 없어도, 나 자신을 조금씩 배워가며 내 사용법을 익혀나갈 수 있다.

이 작업이 점점 잘 돌아가기 시작한다면, 우리는 자기 자신을 위해 스스로 목표를 세우고 행동할 수 있다. 그렇게 사람이 되는 법을 배운다. 물론 그런 뒤에도 사회적인 문제들은 남아 있을 것이다. 내가 스스로의 사용법을 익히고 문제를 뚜렷하게 인식한다면, 우리는 진짜 나 자신이 되어 그걸 바꿔보려 노력할 수도 있다.

내가 하고 싶은 말은 그래서 이렇다.

"당신 잘못이 아니다. 그리고 당신이 젊어진 건 당신이 반드시 이뤄내야만 하는 게 아니다. 당신은 그래도 괜찮다."

막연하게 완벽주의가 문제라고 생각하는 사람은 여기까지만 말한다. 하지만 그 뒤에 여전히 남은 당신만의 문제도 있다.

"그러나 당신이 원하는 게 있을 것이다. 같이 한번 찾아보자."

식어버린
마음을 위하여

나는 냉소주의자가 사실 언젠가 한번 이상을 꿈꿨던 사람이라고 믿는다. 그들은 이상이라는 허들을 너무 높게 설정한 나머지 열정을 가질 엄두조차 못 내고 만다. 앞에서 이미 언급했던, 천재를 보고 절망하는 사람도 분명히 무언가를 꿈꿨을 것이다. 사랑을 믿지 않는 사람은 연애할 수 없는 사람이 아니라 영원한 사랑이 불가능하다고 깨달은 사람이다. 기념일에 연인이 좋아하는 선물을 고를 수 없다고 믿는 게 아니라, 평생 식지 않는 마음으로 권태 없이 사랑을 이어나갈 수 없으리라 믿는 것뿐이다.

냉소적인 태도를 없애려면 허들을 조금 낮춰야 한다. 동시에 스스로의 행위를 바로잡고 작은 일부터 해내야 한다. 어질러진 책상을 정리하고, 방을 청소하고, 더러운 옷을 빨래 바구니에 집어넣고, 세탁이 끝난 빨래를 털어서 넌다. 살기 위해 시켜 먹지 않고, 장을 보러 마트에 간다. 모두가 유명하고 특별한 인간일 수는 없어도 다들 저마다의 방식으로 하루를 살고 있다. 누군가는 부침 가루를 살지 튀김 가루를 살지 고민한다. 그때 그들은 오늘 하루 조금이라도 더 창의력을 발휘해 무언가를 하고자 하는 사람이 된다. 결코 어려운 일이 아니고, 하면 할수록 내가 여러 가지를 할 수 있는 인간임을 깨닫게 된다.

SNS 공감 한 클릭을 받기 위해서가 아니라 온전히 자기 자신을 위해 미술관에 간다. 처음에는 뭐가 뭔지 몰라도, 보면 볼수록 자기만의 안목과 견해를 갖게 된다. 그게 어려우면 타인의 생각을 참고하고, 거기에 내가 동의하는지 어떤지를 스스로 판단한다. 위대하다고 말할 정도는 아니지만 삶은 천천히 활기를 얻고, 나는 어제의 나보다 한 걸음 더 나아가 개선될 수 있다.

그러다 보면 살기 위해 시작한 소일거리가 취미가 되고, 취미가 이어지면 나만의 소소한 전문 분야가 생겨난다. 누군가는 나보다 더 빨리 배우고 더 잘할지 모른다. 하지만 그런 비교는 우리가 만들어내는 의미를 결코 퇴색시킬 수 없다. 다른 사람이 내 그림에 매기는 점수는 우리의 의미를 규정하지 않는다. 그 의미는 생일을 맞은 친구에게 내가 직접 그린 그림을 끼워 편지를 쓸 때, 우연히 찾아온 손님에게 자신 있는 음식을 대접할 때 생겨난다.

뭐라도 하자. 우리는 뭐라도 해야만 한다. 물론 여전히 외로울 것이다. 모든 일은 결국 내가 혼자 하는 것이고, 권태와 불안, 고독은 쉽게 씻어낼 수 없기 때문이다. 그러나 원대한 목표를 세웠다가 시작도 하기 전에 냉소하고 좌절하는 것보다는, 작은 일을 하나씩 해보다가 그 안에서 자기만의 의미를 찾아내는 게 훨씬 낫다.

모두들 이 세상에서 어떻게 살고 있는 걸까. 집 앞에 새로 생긴 작은 커피집은 망할까, 아니면 잘될까. 어떻게 그런 결심을 했을까. 아무도 흥미를 갖지 않으리라 생각했던 이름 모를 작가의 전시회에 오는 사람들은 왜 그를 찾아왔을까. 무료함 때문일까, 아니면 데이트 장소를 정하다 간신히 찾아낸 장소였을 뿐일까. 다른 사람에게 과시하고 싶어서일까, 아니면 무언가 느끼기 위해 찾아온 걸까. 세상은 단순하지 않고, 사람들은 각자의 방식으로 각자의 의미를 만들며 살아갈 수 있다. 그 안에서 나는 오늘 무엇을 할 수 있을까. 나는 무엇을 전해줄 수 있는 사람일까.

✦ ✦ ✦
스스로를 돌보는 일

작은 것부터 하나씩 실천해보자고 말했다. 그 말에 구체성을 더해볼 수 있을까? 사실 정말 큰일이 닥쳤을 때는 작은 것 하나를 바꿔도 달라지는 건 없다. 하지만 우리가 너무 늦지 않았다면 오히려 더 작은 것부터 붙들고 하나씩 해나가야 하지 않을까. 이건 내게도 여전히 큰 문제다. 나는 이 문제를 생각할 때 고등학교 시절에 가지고 다니던 손톱깎이를 떠올린다.

당시 나는 한 사람을 많이 좋아했고, 그 일이 잘 풀리지 않아 심적으로 불안했다. 그리고 버릇처럼 손톱을 물어뜯었다. 하루는 친구가 손톱을 물어뜯는 나를 보더니, 그 버릇은 애정 결핍 증상이라고 말했다. 나는 그 말을 들은 뒤 손톱깎이를 필통에 넣어 가지고 다녔다. 교회 선생님이 싱가포르에서 사온 독특하게 생긴 손톱깎이였다. 나는 그걸 가지고 다니면서 손톱을 물어뜯고 싶을 때마다 손톱을 깎았다. 하지만 무언가 채워지지 않은 듯한 느낌은 여전했다. 불안증은 계속되었고, 나는 가장 갖고 싶었던 걸 갖지 못했다. 당연한 일이다. 증상을 고친다고 원인이 사라지지는 않기 때문이다. 문제는 여전히 남아 있고 세상은 내가 원하는 대로 돌아가지 않는다.

하지만 그 덕분에 이제는 손톱을 물어뜯지 않는다. 당장에 손톱깎이가 없어도 기다렸다가 집으로 돌아가서 다듬을 줄 알게 됐다. 지금은 초조하든 그렇지 않든 언제나 손톱이 가지런하다. 그때 손톱깎이를 들고 다니지 않았다면 서른이 다 되어가는 지금도 여전히 손톱을 물어뜯었을 것이다.

산다는 건 애정 결핍을 가진 사람이 손톱을 깎는 일과 비슷하다. 문제는 문제대로 해결해야 하지만, 내 삶은 일상성을 유지해야 한다. 그러지 않으면 문제는 재앙으로 바뀐다. 당장 해결할 수 없는 문제를 그대로 두더라도 스스로 무너지지 않기 위해서 무언가를 해야 한다. 손톱을 깎거나 운동을 하고, 방을 정리하거나 목욕탕에서 때를 밀 수도 있다. 내가 더 망가지지 않도록 나를 위해 작은 일들을 잊지 않고 하는 것이다. 빨래가 밀리지 않게 속옷의 개수를 기억하고, 늦기 전에 세탁기를 돌려야 한다.

살면서 크고 작은 습관을 쌓아가는 것이다. 비극은 늘 새롭고 괴롭다. 하지만 과거의 습관이 나를 도울 것이다. 손톱을 깎으며 생각한다. '그때 나는 어떻게 했더라? 이럴 땐 이렇게 했었지.' 나는 여전히 괴롭다. 하지만 지지 않을 것이다. 나는 스스로를 돌본다. 괴로움의 근원을 없애지는 못해도 어떻게든 저항하면서 삶을 나아간다. 그때 우리는 모나지 않게 괴로움을 견딘 손으로 누군가의 손을 잡을 수 있다.

✦ ✦ ✦
사소한 요령을 찾는 연습

〈백종원의 골목식당〉을 자주 챙겨 본다. 그는 실질적으로 사람들을 어떻게 도와야 하는지 안다. 회기동 벽화골목 편에서 그게 잘 드러난다. 그는 근처 붕어빵 노점에서 붕어빵을 사다가 사소한 조언 몇 가지를 해준다. 붕어빵 속으로 들어가는 슈크림과 단팥에 크림치즈와 고구마 무스를 추가해보면 어떠냐는 제안이었다. 그 사소한 변화로 놀라운 맛의 변화가 일어난다. 나는 회기동에 살고 그 붕어빵집은 내가 늘 지나다니는 길에 있다. 단팥을 싫어해서 붕어빵을 사 먹은 적이 한 번도 없지만, 저 붕어빵이라면 언젠가 한번 먹어보고 싶다. 사소한 요령 하나가 붕어빵을 대하는 내 입장을 바꾼 셈이다.

'콜럼버스의 달걀'이라는 이야기가 있다. 달걀은 보통 세우기 어렵지만 콜럼버스는 달걀 모서리를 살짝 깨서 쉽게 세웠다는 이야기다. 그 창의적인 행동에는 양면적인 성격이 있다. 누구나 할 수 있는 일이고, 누구도 생각하지 못했던 일이다. 우리의 삶이 언제나 창의적일 필요는 없다. 창의적일 때만 발전이 있는 것도 아니다. 우리는 창의적으로 생각하려고 머리를 싸매는 대신에 다른 사람으로부터 간단한 걸 배울 수 있다. 나는 백종원이 붕어빵집에 해준 일이 바로 이것이라고 생각한다. 누구도 생각하지 못했지만 누구나 할 수 있었던 것, 즉 요령을 알려준 것이다.

살다 보면 변화가 필요하다는 생각이 들 때가 있다. 문제는 스스로에게 필요한 변화가 뭔지 모른다는 사실이다. 우선은 주변을 돌아보면서 그런 변화의 예시를 찾아보는 게 좋다. 한 친구는 대학교에 가자마자 두꺼운 안경을 벗고 렌즈를 꼈다. 아름다워지려는 게 아니라 자연스러워지는 방법이 있다. 누구에게나 먹히지는 않지만 단 하나의 변화로 놀랄 만한 느낌을 내는 사람들이 있다. 예를 들어 패션이 그렇다. 다른 이에게 옷을 입힐 줄 아는 사람은 적절한 옷을 코디해줄 수 있고, 그런 사소한 노력이 사람의 분위기를 바꾼다.

독서실에 앉아서 게임만 하는 사람이 있는 반면 하루 종일 열심히 공부하는 사람도 있다. 모든 게 그저 의지와 노력의 문제는 아니다. 공부 잘하는 사람도 이를 안다. 자신이 집에서 공부할 수 없다는 걸 알기에 공부하기 위한 환경을 스스로 조성한다. 어떤 사람은 자기가 복잡한 스케줄을 다 기억할 수 없다는 사실을 안다. 그래서 다이어리를 쓴다. 스마트폰이 생긴 이후로는 그게 더 쉬워져서 캘린더 앱을 사용하고 알람도 적절히 활용한다. 그런 요령이 없다면 그 사람은 스스로 스케줄을 관리하지 못한다.

물론 요령을 찾는 게 언제나 정답은 아니다. 요령만 쫓다가 앱만 잔뜩 구입하고 실패하는 사람도 있다. 어떤 사람은 스스로 운동하지 못한다는 사실을 알아서 헬스장에 등록하지만, 처음 몇 번만 나가다 이내 발길을 끊는다. 이렇듯 결국엔 좋은 요령을 찾아내는 것도 중요하다. 혼자서 운동할 의지가 없는 사람은 다른 사람과 함께 헬스장에 나갈 수 있다. 동기 부여가 되는 영상이나 사진을 항상 근처에 둘 수도 있다. 이런 시도에도 실패하는 사람은 있지만, 누군가는 그 요령을 통해서 나아가고 있음을 우리는 알아야 한다. 누구는 실패하지만 누군가는 시험에 붙는다. 그런 점에서 가장 좋지 않은 행동은 모든 요령이 쓸데없다며 의지에만 매달리는 것이다. 어쨌든 요령을 찾으려고 시도라도 하는 게 낫다.

저 붕어빵 장사를 하는 사장님도 슈크림을 넣으려는 시도까지는 해봤다. 그러나 젊은이들이 먹는 크림치즈가 무엇인지는 몰랐을 것이다. 여러 시도 끝에 겨우 하나를 성공하는 사람도 있다. 어떤 변화는 대단한 노력이 필요하지만, 어떤 변화는 가볍게 여러 번 시도할 수 있다.

사람들은 다들 어떻게 살고 있을까? 어두컴컴한 내 방에 나는 어떤 변화를 줄 수 있을까? 한 친구가 내 방에 몇 번 와보더니 디퓨저를 하나 가져왔다. 그걸 놓으니 방에서 풍기는 느낌

자체가 변했다. 내게 뿌리는 향수 하나, 주변 사람에게 건네는 이런저런 인사 한마디처럼 정말로 사소한 걸 찾아 바꿔본다. 그게 도대체 무슨 소용이 있을까? 그걸 알아내기 위해서라도 해보는 수밖에 없다. 그래야 뭐든 나아진다. 도전적인 헤어스타일을 하고 약속에 나가면 친구들이 비웃을지도 모른다. 자존심이 상하고 부끄러울 것이다. 그렇다면 진지하게 어떤 머리가 어울릴지 사람들에게 물어보는 게 도움이 될 수 있다. 누군가는 "네 얼굴은 뭘 해도 안 돼"라고 놀리겠지만, 누군가는 친절하게 알려준다. 그리고 나는 내 아이디어와 타인의 의견 사이에서 무엇을 받아들이고 무엇을 제쳐둘지 생각한다. 어떤 게 나를 위해 좋은가?

확실한 건 분명히 나를 위한 좋은 변화가 있고 또 그걸 할 수 있다는 사실이다. 외무 고시에 합격하거나 1억을 버는 것보다 더 사소하지만, 분명한 실천을 통해 나를 더 나아가도록 해주는 게 있다. 지금까지 살면서 한 번도 생각하지 못했을 뿐, 알고 보면 정말로 간단한 변화일 것이다. 작은 것부터 하나씩 찾아서 성취해 나가다 보면, 내 삶은 더 적극적으로 변해 있을지도 모른다.

◈ ◈ ◈
짜임새 있는 하루를 위한 시간 감각

나는 원래 집중력이 약했다. 이렇게 이야기하니 마치 집중력이라는 게 타고난 성향이고 그래서 이렇게 살아왔다고 변명을 하는 것 같기도 하다. 그래서 나는 이런 말을 하는 게 조금 부끄럽다. 세상에는 가만히 앉아 집중하는 것보다 훨씬 힘든 일이 많기 때문이다. 하지만 나는 정말로 집중을 못했다. 책을 한 권 제대로 집중해서 읽어본 적이 없었고, 학창 시절 때 독서실에 앉아 있다가도 커피를 한 캔 뽑아 마시겠다며 어떻게든 밖에서 놀다 들어왔다. 엉덩이가 무거운 편은 결코 아니었고, 엉덩이를 어디에 붙이고 있어도 늘 산만했다. 나는 '몰입'이라는 것에 능숙한 인간이 절대 아니었다. 물론 그림을 그리거나 애니메이션을 만들 때처럼 소일거리를 할 때는 정말로 잘 몰입하는 편이었다. 하지만 그것도 아마 해야만 하는 일이 되고 부담감이 주어졌다면 쉽게 몰입하지 못했을 것이다. 취미는 몰입이라는 말과 어울리지 않는다. 사실 취미라는 건 몰입에서 오는 피로를 잊기 위해 빠져드는 활동이기 때문이다.

그러나 대학에 와서 새로운 해결책을 발견했다. 그냥 생각하고 싶은 대로 생각하고, 만들고 싶은 걸 만들고, 하고 싶은 걸 하는 것이었다. 다만 그걸 소모적이거나 소비적으로 하는 게 아니라, 생산적인 방식으로 사람들과 어울려 하는 것이었다. 제멋대로 해도 그럴듯하게 할 수 있으면 상관이 없고, 다른 사람이 모두 의미 없는 일이라 말해도 내가 의미를 부여하면 문제가 없다. 아마 내가 생활했던 공간이 '철학과'였다는 사실도 긍정적인 영향을 미쳤을 것이다. 해야 하는 일에 집중하지 못하는 내 성향을 진즉에 알고 있었고, 그래서 잡념에 집중하는 쪽을 선택했기 때문이다. 국어, 수학, 영어 같은 지루한 학교 공부를 할 때 떠오르는 몽상과 잡념은 늘 내 방해꾼이었지만, 철학과에 들어와서는 아니었다. 생각에 깊이 빠져들었다가 그걸 글로 정리하는 게 철학과 학생으로서는 의미 있는 일이었기 때문이다. 아마도 그 덕분에 나는 대학교에서 건강하게 생활할 수 있었다.

그러나 이런 해법은 일시적이었다. 결국 공부를 계속해나가려면 엉덩이가 무거워야 하고, 복잡한 것들을 기를 쓰고 이해하려 노력해야 하며, 어학 공부도 게을리하면 안 된다. 대학원에 온 뒤로 불안감에 사로잡혔고, 그렇다 한들 실제로 앉아서 집중력을 발휘하는 건 전혀 다른 문제였다. 그건 쉽지 않다. 나는 지금도 나 자신을 통제하는 데 온 마음을 쏟아야 한다. 이 문제의 해결책 모색은 현재 진행형인 것이다.

우선은 내가 시간을 얼마나 헤프게 쓰는지부터 파악했다. 물론 지금도 사람들과 술을 마시고 무언가를 배워서 적는 게 쓸모 없다고 생각하지는 않는다. 의미가 있는지 없는지는 내가 정하는 것이고, 나는 의미 있다고 생각한 걸 의미 없는 것으로 만들 생각이 전혀 없다. 아마 그건 변하지 않을 것이다. 그러나 이런 큼지막한 유흥과 별개로, 하루를 살다 보면 그저 숨만 쉬고 유튜브와 SNS의 세계로 도피하는 경우가 정말로 허다하다. 물론 컴퓨터로 무언가를 감상하는 게 모두 헛된 일은 아니다. 창의적인 사람의 작품 활동을 보거나 순발력이 대단한 유튜버의 게임 플레이를 보면 즐겁고도 감탄을 느낄 수 있다. 그러나 끝없는 관련 동영상을 멍청하게 바라보고, 해야 할 일이 있는데도 거기에 빠져 있는 건, 그 누구도 아니라 나 자신이 스스로에게 손가락질을 할 일이다.

요즘은 어떤 중독을 끊어내는 것보다 내 능력을 파악하는 일에 주목하고 있다. 학교에서 집까지 가는 데 시간이 정확히 얼마나 걸릴까. 나는 그것도 몰랐다. 집에 돌아가며 시간을 재보니 10분이면 도착했다. 계획을 짜지 않는 나로서는 보통 무시하던 시간이었다.

논문 한 편을 읽는 데에는 시간이 얼마나 걸릴까. 이건 막무가내로 잴 수 없다. 그래서 앱의 도움을 받아봤다. 'Be focused'라는 앱이다. 시간을 분 단위로 나눠서 특정 프로젝트에 몰입하도록 도와주고, 쉬는 시간도 정해서 제안한다. 이런 도움에 기대는 게 어쩌면 한심해 보일 수도 있지만, 이 앱은 내가 어떤 일을 하는 데 시간이 얼마나 필요한지 알려주었다는 점에서 유용했다. 〈하이데거의 사유에서 무의 지위에 대한 해석 (2)〉이라는 논문을 읽는 데 한 세트에 30분씩 약 세 세트 반이 걸렸다. 모두 합하면 두 시간이 조금 안 걸린 셈이다. 논문 내용을 전부 제대로 이해하려면 몇 번 되읽어야 하겠지만, 적어도 나는 35쪽가량의 논문을 일독하는 데 얼마나 시간을 쓰는지 알게 되었다. 시간을 재다 보니 더 집중하게 되는 측면도 있었다.

나는 종종 주말이 존재한다는 이유로 대학 과제를 이미 다 끝내놓은 것처럼 생각하곤 했다. 주말이라는 희망을 보며 월 화 수 목 금을 낭비했다. 다른 사람들도 가끔은 그럴지 모르겠다. 그러다 밤을 새우고 기력 없는 하루를 보낸다. 내 생각은 이렇다. 하루를 짜임새 있게 보내려면 계획을 짜는 것도 좋지만, 무엇보다 내가 어떤 일을 하는 데 시간이 얼마나 필요한지를 먼저 알아야 한다. 걸어서 학교에 가는 데 얼마나 시간이 걸리는지, 책 한 권을 몇 시간 만에 읽을 수 있는지, 주제를 하나 구상해서 숙고한 뒤 무언가를 쓸 준비가 될 때까지 평균적으로 며칠이 소요되는지 말이다.

나는 지금도 이 일에 도전하고 있다. 이 이야기는 아직 끝나지 않았다. 나는 내 능력을 모른다. 이를 알지 않았던 건 내가 멍청해서일 수도 있지만, 사실은 내 능력을 측정하는 게 두려웠기 때문이기도 하다. 남들과 비교하지 말자. 나와 나 자신을 비교하자. 느려도 좋다. 적어도 나는 무엇을 하는 데 얼마나 시간이 필요할까? 그걸 알면, 누군가 내게 부탁을 할 때 정확하게 시간을 말해줄 수 있다. 그리고 그 말에 책임을 질 수 있다. 내가 하지 못할 일을 거절할 수 있다.

내일이라는 희망, 주말이라는 희망, 오늘 밤을 새우면 된다는 희망. 내내 그런 희망을 떠올리다가 결국 일 하나 제대로 끝내지 못하는 삶은 너무 끔찍하고 절망스럽다. 너무나 끔찍한 나머지 우리를 더 도망치게 만들기도 한다. 나는 그러지 않으려 노력하고 있다. 운이 없다면 실패할지도 모른다. 그것도 사실 내가 정하는 것이다.

✢ ✢ ✢
불가능을 깨닫기 위한 시도

뭐든지 노력하기만 하면 잘할 수 있다는 말은 분명 거짓말이다. 그렇다고 노력하지 않으면 정말 아무것도 안 된다. 겉으로 보이는 이 모순을 해결하려면, 오직 노력해야 한다는 어르신의 입을 틀어막는 것보다도, 무엇은 노력하면 가능하고 무엇은 노력해도 불가능한지를 얼른 깨달아야 한다. 나는 그 방법 하나가 정말 잘하는 사람이 어떻게 하는지를 보는 것이라고 생각한다.

게임을 조작하고 운용하는 신체적인 능력을 소위 '피지컬'이라고 한다. 나는 게임을 좋아하지만, 현란하게 움직여야 하는 게임은 잘 못한다. 피지컬이 부족한 것이다. 그만큼 나는 다른 사람이 게임을 어떻게 플레이하는지에 관심이 많다. 그래서 종종 다른 사람의 플레이 영상을 보곤 한다. 영상을 보면 그 사람의 피지컬이 얼마나 좋은지 알 수 있고, 그 피지컬을 가지고 게임 하나를 통달하기 위해 얼마나 시간을 들이는지를 알 수 있다. 그 와중에도 그 사람이 상당히 긍정적인 마음가짐을 유지한다는 점도 알 수 있다.

게임을 잘하는 사람을 보면, 그 사람이 단순히 노력으로 그걸 잘하는 게 아니라는 사실을 느낄 때가 있다. 그 사람은 '이미 어떻게 해야 하는지 안다.' 나는 순간순간 무언가를 감각적으로 하는 것에 전혀 익숙하지 않아서 특정 상황에 어떤 버튼을 클릭해야 하는지 늘 타이밍을 놓치고 만다. 이건 익숙해지는 것으로 어느 정도 해결이 가능하지만, 새로운 상황을 만나면 다시 여러 번 죽어야 한다. 하지만 감각적인 사람은 새로운 상황에서도 생각하지 않고 몸이 먼저 반응하는 것 같아 보일 때가 있다. 그것도 피지컬이라고 이야기한다. 게임을 잘하는 사람은 이미 피지컬이 좋은 데다, 다른 사람보다 더 많은 시간을 투자한다. 그래서 그 사람이 잘하는 것이다. 나는 내 피지컬이 좋지 않은 걸 잘 알고 있어서, 잘하는 사람의 플레이를 보면서 대리 만족을 느끼곤 한다. 게임은 내 분야가 아닌 것이다.

잘하는 사람이 왜 잘하는지 아는 건 중요하다. 그러면 내가 어디까지 도달할 수 있는지도 조금은 알게 된다. 어떤 분야는 내가 결코 잘할 수 없다. 나는 아마 죽었다 깨어나도 축구 선수는 못 될 것이다. 나는 축구를 잘해본 적이 없고 좋아해본 적도 없기 때문이다. 하지만 공이 눈앞에 떨어졌을 때 그걸 이미 어떻게 다뤄야 할지 아는 천재가 있다. 나는 그를 보면서 감탄한다. 그는 어디로 드리블을 해야 하는지, 수비수가 길을 막고 있을 때 어느 경로로 어떻게 공을 이끌고 가야 하는지 안다. 그걸 아는 사람 사이에서 경쟁이 일어나고 그 끝에 남은 사람이 바로 고수다. 물론 노력은 반드시 필요하지만, 그것보다 먼저 갖춰야 하는 게 있다. 재능이나 신체 조건일 수도 있고, 운동하기 전에는 몰랐을 관절의 선천적 건강 같은 요소도 포함될 것이다.

철학자 베르그손은 인간이 모두 선천적으로 수학자라고 말했다. 사물을 구분하고 원인과 결과를 나눠서 파악하기 때문이다. 나는 그 주장이 그럴듯하다고 생각한다. 그러나 베르그손이 그렇게 주장한 배경에는 그가 실제로 수학 천재였다는 사실이 작용했을 것이다. 수학을 잘하는 사람은 거리에서 스쳐 지나가는 자동차의 번호판을 보고도 그게 소수인지 아닌지 알아챈다. 그리고 즉각 소인수 분해를 해서 어떤 소수의 곱으로 이뤄져 있는지 파악할 것이다. 그들은 이미 세계를 수학적으로 본다. 아마 이런 게 수학 천재의 '성향'일 것이다. 그들은 이미 어떻게 하는지 잘 안다.

타고난 피지컬은 불공평하다. 누군가는 몸이 연약한데 마음이 더 유약할 수 있다. 그 반대도 가능하다. 누군가는 거대한 덩치에 스스로 불만을 가질 수도 있다. 하지만 그런 조건은 분명히 각자의 쓰임새를 갖고 있다. 손이 작고 아기자기한 사람이 수공예품을 만드는 모습을 볼 때, 손이 굵직한 사람이 농구공을 골대에 메다꽂는 모습을 볼 때, 우리는 그 피지컬이 단순히 해석될 수 없다는 사실을 깨닫는다.

그러나 각자에게 주어진 조건 가운데에서, 잘하는 인간들이 무엇을 왜 잘하는지 알고 감탄하는 건 중요하다. 세상에는 사실 감탄할 일이 참 많다. 거기에 감탄하지 못하는 이유는 빈약한 내 피지컬을 알아채고 싶지 않기 때문일 수도 있다. 하지만 나는 그런 걸 천천히 바라보고 자기가 무엇을 할 수 있는지를 생각하는 게 중요하다고 생각한다.

내 피지컬은 무엇에 맞춰져 있는가. 나는 무엇을 좋아하는가. 나는 어떤 일에 노력할 것인가. 그 일을 하며 누군가를 어떻게 이롭게 하고 또 즐겁게 할 수 있는가. 그 가운데에서 내 한계를 발견할지도 모른다. 그러나 한 가지 위안거리가 있다면, 누구나 주어진 조건 안에서 자기만의 자리를 만들 수 있다는 사실이다. 누군가는 지도자 성향을 가지고 있지만, 그렇다고 해서 대통령이 될 수 있는 게 아니고 대통령이 되어야 하는 것도 아니다. 그는 어쩌면 작은 공동체를 하나 이끌며 자기 자신의 위치를 찾고 자아를 실현할 수도 있다. 삶은 그러한 공간을 만드는 과정일 것이다.

✧ ✧ ✧
나의 쓰임새

사람들을 만나 이야기를 나누다 보면 언제나 깨닫는 게 하나 있다. 바로 인간 유형의 명암이다. 사람들은 각자 놀랄 만큼 우수한 능력을 지녔고, 그걸 맹목적으로 사용하다가 함정에 빠지기도 한다. 이를테면 나는 세상에서 언뜻 드러나는 가능성을 예민하게 감지하고 거기에 집중한다. 하지만 그만큼 일을 확대 해석하거나 넘겨짚는 경우도 있다. 그래서 내 생각은 누구보다 목적지에 빨리 도달하지만, 그건 잘못된 목적지일 수도 있고 설령 제대로 된 목적지일지라도 타인의 공감을 이끌어내지 못할 때가 있다. 그러나 사람은 저마다 보조 수단을 같이 가지고 있다. 가령 나는 주장의 설득력을 높이기 위해 논증하는 방법을 배우고 활용한다. 모든 사람에게는 이렇듯 창과 방패가 있다. 그렇게 생각하면 사람의 성향은 놀랍도록 균형 잡혀 있는 것만 같다.

하지만 이런 수단으로도 감당하기 힘든 취약한 부분이 있다. 창과 방패를 활용해 앞으로 헤쳐 나갈 때도 내 등허리와 뒤통수는 완전히 무방비 상태에 놓인다. 논리를 활용해 내 생각을 설명하더라도, 나는 여전히 현실 속 디테일을 놓친다. 늘 그랬다. 학교 다닐 때는 교과서를 빼먹거나 아예 다른 요일의 과목 교재를 챙겨가곤 했다. 이런 성향의 단점은 노력으로 어느 정도 극복되지만, 성향 자체는 방심할 때마다 나를 배반한다. 뒤통수에 눈을 달지 않는 한 영원히 맹점으로 남는 부분이 있다. 그 맹점을 보완하는 방법은 새로운 창과 방패를 등 뒤에 다는 게 아니다. 자기가 이미 가진 창과 방패를 쥔 채 늘 뒤돌아보며 무언가 놓치고 있지는 않은지 경계하고 살피는 방법밖에 없다.

사람은 자신의 취약한 부분을 보호할 수는 있어도 완전히 없애버리지는 못한다. 그리고 그 없앨 수 없는 부분을 아는 것 자체가 자기를 보호하는 방법이다. 이건 비관적인 태도가 아니다.

왜냐하면 누구에게나 취약한 부분이 있고, 자기를 홀로 지켜낼 수 없을 때는 당연히 다른 사람의 도움을 받아야 하기 때문이다. 적절한 도움은 바로 이런 취약한 부분을 감싸준다. 이를테면 나는 공과금을 제때 낼 수 있도록 누군가 그때그때 알려준다면 매우 고마울 것 같다. 공과금을 매달 꼬박꼬박 내는 건 내게 아주 고역이고 무서운 일이다. 또는 내 생각을 뒷받침해줄 실질적이고 경험적인 자료를 찾아주는 사람이 있다면 정말로 도움이 될 것 같다. 아마 이런 도움을 주는 이는 내가 가지지 못한 능력을 활용할 줄 아는 사람일 것이다.

우리는 여기서 세상에 적응하는 데 도움이 될 만한 방법 두 가지를 얻을 수 있다. 첫째, 나 자신의 주된 능력과 그걸 보완해주는 수단을 알고 있을 것. 물론 이는 어려운 일이다. 운이 좋다면 자기가 자부심을 느꼈던 순간을 되짚어보며 그 수단을 쉽게 찾을 수 있다. 다른 사람에게서 인정받은 경험이 없다면 오히려 실패와 좌절의 순간을 돌아보는 게 도움이 될지도 모른다. 우리는 자기가 좋아하고 잘하는 일을 아무도 알아주지 않을 때 상처를 받는다. 바로 그 아픔의 가운데에 자신의 능력이 숨어 있을 수도 있다.

둘째, 내가 들어갈 공간을 찾을 것. 내게 취약한 부분이 있듯, 다른 사람 역시도 취약한 부분을 가지고 있다. 세상에 다양한 직업이 있는 이유는 남들이 좀처럼 하지 못하지만 꼭 필요한 일이 있기 때문이다. 그만큼 일상 속에서도 다른 사람이 좀처럼 보지 못하는 걸 내가 보고 있을 수도 있다. 다들 자기 이야기를 하는데 내 의견이 주된 견해가 아니라는 이유로 가만히 있을 때, 사실은 그럴 때야말로 내 목소리가 필요한 순간일지 모른다. 그렇다면 바로 그때 내가 어떤 생각을 했으며 또 어떤 시각에서 그걸 바라봤는지를 곰곰이 되새겨야 한다.

스스로를 억지로 바꾸고 재단하는 것보다는 이렇게 세상 앞에서 굽히지 않고 자기 자리를 찾는 게 더 유익하다. 물론 전문가의 도움이 필요할 수도 있다. 하지만 우선은 그런 일을 해야 한다는 사실을 자각하는 게 중요하다. 나는 분명 어떤 부분에서는 취약하다. 하지만 그만큼 상대적으로 다른 사람에게 없는 능력을 지니고 있다. 나보다 모든 면에서 더 훌륭한 사람이 있더라도, 그 역시 그저 한 명의 사람에 불과하다. 나는 여전히 그와 다른 일을 도맡을 수 있다. 삶을 산다는 건 바로 그런 방식으로 세상에 비집고 들어가 적응하는 일이다. 이걸 못할 때 우리는 상처받고 도태된다. 그게 얼마나 괴롭고 고단한지 나는 잘 안다. 그럴 때는 스스로를 탓하지 말고, 조금 더 자기 자신을 알고 인정하려는 태도가 필요하다. 내 결을 이해하면서 동시에 타인의 결을 이해할 수 있다면, 나는 스스로를 비관할 필요도, 타인을 지나치게 완벽한 사람으로 설정할 필요도 없다. 나에게는 나만의 쓰임이 있다. 그 쓰임을 실현하는 방법이 분명히 있다.

혼자 있는
나를 들여다보기

건강한 사람은 삶 속에서 스트레스와 불안에 대처하는 자기만의 방법을 익힌다. 하지만 그게 모두에게 자연스레 일어나는 일은 아니다. 이걸 이해하는 게 정말 중요하다. 내가 나를 이해하지 못한다는 말은 자기 자신을 잘 알지 못한다는 뜻이기도 하지만, 어떤 상황에서 스스로를 어떻게 통제해야 하는지 모른다는 뜻이기도 하다. 삶은 그냥 늙어가며 자연스럽게 배워가는 과정이 아니다. 스마트폰 하나를 사용하는 데에도 사용법을 익혀야 하듯이, 자기 자신을 제대로 사용하려면 요령이 필요하다. 이런 요령은 스스로 터득하는 경우도 있고, 여러 시행착오를 겪으면서 깨닫기도 하며, 타인을 흉내 내면서 알게 되기도 한다. 하지만 그 자연스러운 과정 속에는 분명히 맹점이 존재한다. 그걸 아는 것과 모르는 것 사이에는 큰 차이가 있다.

자기가 스스로의 에너지를 어떻게 사용하는지를 깨달아야 한다. 나는 외향적이다. 에너지의 대부분을 타인과 세계에 할애한다. 사람을 만나서 술을 마시고 이야기를 나누고 그들에게 마음을 쓴다. 나는 가능성을 보며 그들에게 조언하고, 때로는 엉뚱하고 멍청한 소리를 해서 즐겁게 하는 걸 좋아한다. 하지만 항상 그러다 보면 가끔은 지친다. 인간관계에서 느껴지는 스트레스는 분명히 있고, 그럴 때면 나는 혼자만의 시간이 필요하다.

평소에 겉으로 드러나는 모습과 상관없이, 내가 혼자 있을 때 어떤 생각을 하고 있는지를 천천히 살펴보는 게 좋다. 나는 에너지 대부분을 다른 사람에게 할애하고 마음을 쓰지만, 혼자 있을 때는 생각을 정리하고 논리적으로 진열하는 걸 좋아한다. 그건 오로지 나만이 할 수 있는 일이다. 다른 사람을 신경 쓰지 않고 마음대로 적는다. 물론 아무렇게나 적으면 안 된다. 나는 내 생각을 논리적으로 진열하고 적으면서 마음의 안정을 찾는다. 그게 나의 숨겨진 내향적 본능이다. 정말 외롭고 힘들 때는 바깥의 일과 전혀 상관없이 책을 읽고 정리해왔다. 이건 내가 가진 허황된 상상력을 거들어주는 수단이 된다. 그게 습관이 되어서 나는 글을 써왔던 것이다.

내향적인 사람은 자신의 에너지를 주로 스스로의 가치와 체계를 다듬고 관찰하는 데 사용한다. 이들은 사물을 배열할 줄 알고 자기 내면의 목소리에 조용히 귀를 기울인다. 그러나 종종 무기력해지고, 혼자 있다는 사실에 편안해하면서도 권태에 빠지고 외로워하기도 한다. 외향적인 사람이 스트레스를 풀기 위해 더욱 외향적으로 살면 안 되듯이, 이들도 자기 안에 뚫린 창으로 세상을 마주할 줄 알아야 한다. 이들에게도 다른 사람과 나눌 소통의 씨앗이 숨어 있다.

고독하고 무기력할 때, 자기가 가진 가치를 돌아보고 이에 관해 다른 사람에게 이야기를 들려주다 보면 삶의 의미를 스스로 발견할지도 모른다. 어떤 이들은 조용하고 차분한 태도로 상대방의 가능성에 관해 조언해주기도 한다. 이들은 다른 사람의 마음에 공감하고 눈앞의 상대를 위로해줄 수 있다. 내향적인 사람의 마음 속 작은 창은 좀처럼 열리지 않기도 하지만, 한번 열렸을 때 이들이 담고 있던 가치의 무게는 남다르다. 밖으로 자주 나오지 않았을 뿐 내내 창 안에서 세상을 바라보고 있었던 것이다.

무기력하게 방 안에 있는 사람은 세상을 향해 나와보기를, 그

리고 삶에 지친 사람은 스스로를 돌아볼 수 있기를 바란다. 사
람은 자기가 자주 사용하고 또 잘 사용하는 것 때문에 상처받는
다. 하지만 그만큼 평소에 하지 않는 행동에서 새로운 걸 발견
할 수도 있다. 누군가는 다른 사람에게 무언가를 건네며 스스로
위로받기도 하고, 누군가는 자기를 한 번 더 정돈하면서 살아갈
기분을 배운다. 나는 아직도 스스로를 알려면 멀었고, 세상에
해줄 수 있는 일이 더 남아 있다. 그건 또 하나의 가능성이고 희
망이다. 무엇보다 이는 너무나도 분명한 사실이다.

❖ ❖ ❖
자신을 바꾸려 하면 실패한다

어떤 일을 잘하려면 아예 다른 사람이 되어야 한다고 믿는 경우
가 있다. 이를테면 누군가는 자신감이 없어서 많은 일을 그르친
다고 생각한다. 또 누군가는 자기가 계획성이 부족해서 일을 그
르친다고 생각한다. 그들은 이럴 때 호기롭게 허세를 부리거나
병적으로 모든 일을 계획하려고 한다. 하지만 그런 일은 대체
로 실패로 돌아간다. 습관의 무서움 때문이라고 말할지 모른다.
그러나 한 인간이 급하게 자신을 바꾸려다 실패하는 이유는, 그
시도가 '급하기' 때문이 아니라 '자신을 바꾸려 했기' 때문이다.

자신을 바꾸려는 시도는 자기가 무엇을 어떻게 바꾸고 또 무엇을 어떻게 유지해야 하는지 구별할 수 있을 때만 의미가 있다. 타협이 없는 변화는 실패할 수밖에 없다. 무엇보다 그건 자기 자신을 존중하지 않는 태도다. 가령 '자신감이 없다'는 말로 스스로를 규정하기엔 그 특성이 너무 복잡하다. 누군가는 다른 사람의 말을 억누르고 끊어버리는 대신에 우선 받아들이고 경청한다. 이를 단순히 '자신감 없음'이나 '소극성'으로 이해하는 건 그 사람이 가진 맥락과 뿌리를 아예 무시하는 처사다. '무계획성'이라는 규정도 그 사람의 느긋함이나 제약되고 싶어 하지 않는 창의적인 성향 자체를 단순화하여 무시한 결과일 공산이 크다.

이들은 그릇된 방식으로 추상화된 자신의 부정적인 성격을 모든 문제 상황과 연결 짓는다. 사업 실패, 부모와의 불화, 실연, 잘되지 않는 학업, 이 모두를 자신의 근본 성향 탓으로 여기는 것이다. 물론 잘못을 무조건 외부로 돌리는 것보단 이런 자기비판이 나을지도 모른다. 그러나 진정한 자기비판을 하기 위해서라도, 그 성격의 기반인 나 자신의 근본 성향이 정말로 어떤지를 먼저 이해해야 한다.

어떤 사람이 느긋하거나 다소 온정적이거나 성급하거나 때때로 몽상적인 이유는 평소에 그 성향이 자기에게 이로웠기 때문이다. 무엇보다 사람은 본래의 성향을 스스로 편안하다고 느낀다. 그래서 그 성향은 어떤 상황을 마주하든 밖으로 나와서 그의 모든 행동에 영향을 미치는 것이다. 아주 사소한 일상부터 매우 중대한 사안에 이르기까지, 그 성향은 어려움에 부딪치기 전까지 문제를 대하고 막는 데 유용하게 쓰여왔다. 어쩌다 문제를 일으켰다고 성향 전체를 다 들어내려 하는 건 바람직하지 않다.

새는 빠른 속도로 날아갈 때 공기의 저항에 부딪친다. 하지만 공기의 저항 자체를 제거하면 날개는 제 기능을 잃고 새는 추락한다. 그러므로 변화는 섬세한 방식으로 이뤄져야 한다. 무엇이 장애가 된다고 해서 그걸 단순히 없애려고 하면 안 된다. 어떤 일을 하기 위해 자기를 바꾸려고 시도하는 건 스스로 여기까지 나아오게 한 모든 수단을 없애려는 것과 같다. 이건 부적절하기 이전에 불가능하다. 자기를 바꾸는 데에는 엄청난 시간이 든다. 인생 전체를 걸어야 할지도 모른다. 그것 자체가 하나의 과제다. 따라서 눈앞에 놓인 일을 통제하고 싶다면, 자신을 바꾸려 하지 말고 일 자체에 주목하는 게 좋다.

이를테면 나는 다음 주에 회사에서 프레젠테이션을 해야 한다. 평소에 계획을 잘 세우지 않는 나는 마감을 코앞에 두고 일을 몰아 하느라 망했던 경험이 있다. 사람들은 이때 계획적인 인간이 되어야 한다고 잘못 판단한다. 그런 판단도 이해할 여지는 있다. 대체로 상사는 질책을 할 때, 일을 못한 이유를 들면서 비판을 하기보단 "자네는 이래서 문제야"라는 식으로 싸잡아 비난을 하기 때문이다. 하지만 그건 사실에 근거한 책망이 아니고 도움도 되지 않는다.

계획을 세우지 않아서 일을 그르치는 이유는, 내가 계획적인 인간이 아니라서가 아니라 그냥 계획을 안 세웠기 때문이다. 계획을 세우지 않았다가 이런저런 실패를 겪었기 때문에 다짜고짜 나 자신을 계획적인 인간으로 바꾸려 시도하는 건, 프레젠테이션을 위해 가계부를 쓰고 식단표를 짜는 것과 다름없다. 한 가지 일을 성공적으로 해내야 할 때는 그 일 자체에만 집중해야 한다. 그래야 자신의 인간성을 바꾸겠다고 대단히 어려운 시도를 하는 대신에, 구체적으로 내가 무엇부터 먼저 해야 하는지를 알 수 있다.

프레젠테이션에 들어가기 전까지 내가 끝내야 하는 일을 정리한다. 계획을 짠다는 건 이런저런 일을 하는 데 시간이 얼마나 걸릴지 계산할 수 있다는 이야기다. 우선 자료를 조사하고 정리해야 한다. 시간이 얼마나 걸릴까? 이를 토대로 언제쯤 프레젠테이션 파일이 완성될지 가늠할 수 있다. 더 철저하다면 리허설을 하는 시간도 고려할 수 있다. 이 모든 과정은 눈앞에 놓인 일을 어떻게 해결해야 할지 합리적으로 생각하는 것뿐이지,

나라는 인간 자체를 완전히 뒤바꾸려는 시도가 아니다.

자신의 능력을 제대로 안다면, 합리적으로 일을 해내는 과정 사이사이에 내 장점을 활용할 수도 있다. 그리고 단점을 보완하려는 노력도 할 수 있다. 중요한 점은 일을 그르쳤을 때 곧바로 나 자신의 인간성에 책임을 돌리지 않는 것이다. 나 자신을 찾는 일은 따로 해결할 문제다. 우선은 주어진 일을 하는 데 내게 무엇이 필요한지 찾아야 한다. 그건 다른 인간이 되는 게 아니라, 시간과 절차와 준비물 따위다. 그걸 알았다면 이제 일을 시작할 차례. 어려운 점이 있다면 도움을 요청하거나 연습을 하면 된다.

그런 뒤에 살피는 것이다. 구체적으로 나는 이런 일을 하는데 그때마다 어떤 모습으로 임하고 있는가? 나는 정말로 이 일과 맞지 않는가? 만약 맞지 않는다고 느낀다면, 나는 이 일에 남들보다 더 많은 에너지를 쏟아야 한다. 직장을 바꾸는 게 낫겠다고 쉽게 생각해서도 안 된다. 나를 더디게 하는 성향이 있다면, 반드시 그 성향은 다른 일을 하는 데 유용하게 쓰일 수 있다. 그걸 찾고 나를 조정할 수 있을 때, 나는 다른 사람이 되어야 한다는 오판 없이 스스로를 지키고 다듬어나갈 수 있다.

✦ ✦ ✦
나의 스테레오 타입을 넘어서

나는 앞선 글에서 내가 아닌 다른 사람이 되려 하지 말라고 분명히 말했다. 하지만 이는 내 고유한 성향에서 내가 벗어날 수 없다는 의미에서 한 이야기다. 우리의 성향과 능력은 한편으로 언제나 변화와 발전을 기다리고 있다. 문제는 고유한 성향과 능력의 개발이 지체되어 자기 발전이 가로막히는 상황이다. 그중 하나가 이전에 이룬 것 때문에 스스로를 가두는 경우다.

우리는 종종 스스로 쌓아온 자신의 이미지에 압도당한다. 분명히 내 이미지는 대부분 스스로가 만든 것이지만, 어느 순간 그렇게 쌓인 이미지와 관념에 조종당하게 된다. 우리는 겉으로든 안으로든 '나다움'이라는 걸 유지한다. 사람은 보통 나다운 모습이라는 틀을 벗어나지 않으려 한다. 평소와 다른 모습을 보여주면 주변 사람이 놀라거나 두려워할 거라고 생각하기 때문이다. 예컨대 어떤 사람이 과묵한 이미지를 쌓아왔다면 거기엔 분명 일정 부분 그의 성향이 반영되었을 것이다. 하지만 그런 사람도 가끔은 무언가를 큰소리로 말하고 싶을 때가 있다. 하지만 "너답지 않아"라는 말 앞에서 자신의 욕구를 쉽게 억누른다. 자신에게 딱 맞는 이미지를 스스로 잘 쌓아왔다면 그 견고한 정체성이 딱히 문제를 일으키지는 않지만, 새로운 걸 끊임없이 창조해야 하는 사람에게는 그게 골칫거리다.

　나 자신을 깨부수고 넘어서는 일은 단지 어려울 뿐만 아니라 굉장히 다양한 시도와 요령이 필요하다. 그건 그저 변하겠다는 일종의 몸부림에 그치지 않는다. 새로운 매체를 고려해야 할 수도 있으며 놀라운 창의력이 필요할 수도 있고 전혀 다른 방식으로 접근해야 할 수도 있다. 소설가들도 이런 사실을 잘 알아서 종종 가명으로 소설을 냈다. 헤르만 헤세는 '에밀 싱클레어'라는 이름으로 《데미안》을 썼고, 로맹 가리는 '에밀 아자르'라는 이름으로 《자기 앞의 생》이라는 작품을 발표했다. 그리고 이름 모를 어떤 래퍼(?)는 복면을 쓰고 나와서 '마미손'이라는 이름으로 파격적인 곡을 선보였다.

　이런 것들은 모두 자기가 쌓아온 걸 허물려는 시도이며, 자기 안에 가려서 보이지 않는 또 다른 자신을 찾기 위한 노력이다. 헤르만 헤세는 《데미안》에서 알은 세계이며 새가 태어나기 위해서는 그 세계를 부숴야 한다고 말했다. 그 세계를 부수는 방법은 이전까지 쌓아놓은 스스로를 감추고 새로운 모습을 내보임으로써 이뤄지기도 한다. 그러려면 주변에서 나를 가두는 사람들로부터 조금 멀어질 필요가 있다. 그래서 가명을 사용하고 복면을 뒤집어쓰는 것이다.

이를 위해서는 새로운 모습을 원하는 자기 내면의 메시지를 느낄 수 있어야 한다. 메시지를 보내는 이는 다른 사람이 요구하는 내 모습에 굴복하지 않는 또 다른 자신이며, 원래의 나 자신과 결국엔 하나가 되어야 하는 나 자신이다. 그 목소리를 억누를 수 없는 순간이 온다. 하지만 그 억누를 수 없는 나 자신을 함부로 세상에 방류해서는 안 된다. 세상도 준비가 필요하다. 나는 그를 적절하게 통제하거나, 새로운 모습이 받아들여질 분위기를 스스로 만들어야 한다. 새로운 시도를 하는 사람은 모두 그 방법을 고민하고 해결해야 한다.

이는 물론 두려운 일이다. 하지만 사람들은 그저 두려워서가 아니라 어려워서 변신을 시도하지 못한다. 내가 평소에 무언가를 쉽게 해내는 이유는, 주변의 모든 게 익숙하기 때문이며 그동안 내가 크고 작게 이뤄온 성취가 있기 때문이다. 나는 친밀한 사람에게 내 생각을 쉽게 밝힐 수 있다. 그게 가능한 이유는 그들이 내 성향을 이미 잘 알기 때문이다. 익숙한 게 곧 진부한 것이라며 함부로 힐난해서는 안 된다. 그건 그릇된 생각이다. 지금의 내 성향은 분명 나를 지켜주고 있다. 하지만 그 익숙한 안전성 위에서 권태와 불안이 싹튼다. 그럴 때 나는 스스로 내 안전성을 흔들고 내 세계를 부숴야 한다. 그건 단순히 자신의 세계를 부정하는 게 아니라, 정말로 더 나은 무언가를 다시 쌓아울리는 작업이다.

기억해라. 그런 일을 해내는 사람은 분명 자기만의 요령을 찾는다. 그 요령은 아무에게나 통하는 게 아니며 자기 스스로에게만 효과가 있다. 어떤 사람은 극단적인 변신을 하지 않고 서서히 변한다. 하지만 그 변화가 쌓이고 쌓이다가 어느 순간 임계점을 지났을 때, 다른 사람의 눈에는 그게 급격한 전환으로 비친다. 어쩌면 듣도 보도 못한 가명으로 혜성처럼 나타난 누군가는 그 이전에 자신의 임계점을 넘어서기 위해 조금씩 조금씩 자신을 변화시켰는지도 모른다.

우리는 살면서 한번쯤 스스로에게 권태를 느낀다. 무엇이 나를 부르는가. 그 부름에 응하려면 나는 무엇을 해야 할까. 누군가는 홀로 여행을 떠난다. 누군가는 퇴사를 하고 직업을 바꾼다. 누군가는 가면을 뒤집어쓰고 이름을 바꿔서 나타난다. 누군가는 다시 무명이 되어서 스스로를 시험한다. 새로운 나 자신이 되기란 쉽지 않다. 그러나 내 안의 무언가가 나를 정말 애타게 부르고 있다면, 우리는 새로운 방법과 요령을 찾아야 한다. 물론 완전히 새롭거나 대단한 방식이 필요한 건 아니다. 다만 우리는 무언가 새로운 걸 할 때마다 그게 너무나 낯설어서 당혹스러워할 뿐이다.

나는 고유한 능력과 성향을 지니고 있기에 나 자신으로서 인생을 살아내야 한다. 하지만 동시에 나는 고유한 능력과 성향을 지녔기에 그걸 개발하고 늘 새로운 걸 마주하며 나아가고자 한다. 권태의 틀에서 벗어나 나를 한 꺼풀 벗겨내고 도약하기 위해, 우리는 다시금 여러 시도를 해야 한다.

왠지 모를 불안과 허전함이
나를 짓누를 때

스스로를 넘어설 수 없을 것 같다는 생각이 들 때가 있다. 아무리 몸부림쳐도 나는 결국 나고, 타고난 성향을 벗어날 수 없다. 대단한 성취를 이룬 사람을 봐도 그냥 그가 잘났기 때문인 것처럼 보인다. 사람들은 노력도 재능이라고 말한다. 나는 아무리 노력해도 스스로를 넘어설 수 없고, 그래서 영원히 권태 속에 남을 것이다. 그리고 한편으로는 영영 나 자신이 될 수 없을 것 같다. 타인과 세상은 그들이 원하는 대로 나를 규정하고 움직이려 한다. 대학교에 입학해서 졸업하고 취직하고 결혼한다. 그런 전형적인 삶 안에서 나는 한순간이라도 온전한 나 자신으로 있을 수 있을까. 바로 그 점이 불안하다.

스스로를 넘어설 수 없으리라는 권태, 영원히 내가 될 수 없으리라는 불안이 나를 짓누른다. 언뜻 모순으로 보이는 그 두 가지가 도대체 어떻게 '동시에' 우리를 위협할 수 있을까. 바로 내가 나를 잃어버렸기 때문이다. 권태에 빠진 자신이든 불안한 자신이든 내 삶을 내가 이끌어간다는 '주체성'이 약해졌기 때문에 이렇게 흔들리는 것이다. 내가 나 자신을 조금이라도 단단하게 쥐고 있다면, 두 문제는 결국 하나의 해답으로 이어진다. '나는 내가 되어서 나를 넘어선다.'

권태와 불안을 동시에 겪으면 나는 아무것도 할 수 없으리라는 생각이 든다. 하지만 역설적이게도 바로 그때가 스스로를 홀로 일으켜 세우고 확보해야 할 순간이다. 스스로 뺨을 때리는 수밖에 없다. 나는 정말로 나를 넘어설 수 없을까? 그렇다. 오늘 새로운 걸 시도하고 약간의 성취를 느낀다고 해도, 결국 그건 나라는 인간의 한계 안에서 일어나는 일이다. 하지만 권태라는 그 논리적 헛소리, 내가 스스로를 진정으로 넘어설 수 없다는 말은 절반의 진실만을 담고 있다. 일단은 몸으로 부딪쳐봐야 한다. 그 말의 거추장스러움을 찢어내고 내 한계를 뚫고 나아가려 시도해야 한다. 그럴 때 우리는 스스로의 한계를 확장한다. 물론 그 뒤에도 다시 나 자신이라는 테두리가 새로이 나를 가로막겠지만, 오늘 내가 스스로 그은 테두리는 내일 넘어서야 할 과제가 된다. 그러니 '무한히 확장하는 테두리'라는 개념은 우리를 절대로 주눅 들게 할 수 없다.

주눅 들지 않는 자아가 권태를 떨쳐낼 때야 불안도 사라진다. 스스로 한계를 돌파하면 가능성으로서의 나 자신을 보게 된다. 우리는 시간 안에서 항상 변화한다. 우리는 스스로를 관찰하고 스스로를 움직인다. 내 속에서 가능성을 보고 그 가능성을 실천해 보일 때 나는 절대로 한자리에 머무르는 사람이 아니다. 나는 단순히 변화하는 게 아니라 적극적으로, 나 자신의 의지로 변화한다. 나는 언제나 나 자신이라는 인간의 테두리 안에 있겠지만, 그 테두리로서의 나는 늘 시간 속에서 가능성을 품는다. 이게 바로 스스로를 온전히 쥔다는 말의 뜻이다. 내가 온전한 스스로가 될 때 우리는 머무르지 않는다. 바삐 움직인다.

그러니 우리는 스스로를 직접 찾아서 쥐어야 한다. 하지만 나는 이 과제가 어렵다는 사실을 안다. 스스로를 찾지 못한 사람에게 스스로를 잡으라는 말이기 때문이다.

그러나 '잃어버린 나'는 정말로 영영 되찾을 수 없을까? 아니다. 지금까지 우리가 나눈 이야기는 그런 나 자신을 찾아내려는 여정이었다. 잃어버린 나 자신은 오로지 자기가 스스로 되찾아야 한다. 그때 나는 이미 내 안에 있다. 단지 숨어 있을 뿐이다. 허무주의와 하찮은 위로에 빠져서 무기력하게 머물러 있을 때도, 나 자신이 나를 기다린다는 사실은 이미 스스로가 알고 있다. 불안과 권태가 바로 그 증거다.

몸과 마음이 다 힘들어서 아무것도 할 수 없을 때, 우리는 다른 사람에게 기댈 수밖에 없다. 우리는 병원에 간다. 소중한 사람에게 연락한다. 그러나 이런 사람이 언제나 내 곁에 있는 건 아니다. 우리의 마지막 희망은 늘 나와 함께 있는 나 자신이다.

누군가에게 기대거나 병원에서 준 약을 먹기 위해서라도, 우리는 우선 내가 되어 살기를 희망해야 한다. 우리에게는 스스로를 찾기 위한 그 일말의 힘이 필요하다. 초인이 되라는 말이 아니다. 일말의 힘을 짜내 지푸라기라도 잡기를 바라는 마음에서 하는 이야기다. 큰일을 하기 위해 쓰레기를 주워 쓰레기통에 넣고 설거지를 한다. 정리된 것 앞에서 마음도 천천히 조금씩 정리하는 것이다. 권태는 삶을 기꺼이 살아내면서 벗어나는 방법밖에 없다. 불안은 삶을 기꺼이 마주하면서 물리치는 방법밖에 없다.

되지 않는 일을 되도록 하라는 말 앞에서, 구체적이고 사소한 일 하나하나에 우리의 상상력이 깃들기를 바란다. 사소한 것에 대한 상상력. 그게 중요하다. 권태와 불안이라는 말도 물리쳐라.

밥을 먹고 곧바로 설거지를 스스로 했다는 점에 감동하고, 또 다른 무엇도 하나하나 해결해낼 수 있다는 사실에 보람을 느끼기 위해, 그 작은 상상력을 바란다. 작은 일 하나를 해내면 더 큰 일을 해낼 수 있다. 우리를 구원하는 건 우리다. 자신을 구했다면 남을 도와라. 그때도 마찬가지로 우리는 우리를 구한다. 세계에 깃든 한계와 구조는 그때 무너진다. 우리는 마침내 자유로워진다.

✧ ✧ ✧
마음을 지켜보는 마음

술상을 사이에 두고서 저 앞에서 터지는 울음을 본다. 생활고에 시달려서도 몸이 아파서도 아니고 오로지 마음 때문에 아픈 순간이 있다. 누군가에게 버려져서 마음이 아프고 그리워서 마음이 아프고 돌아올 수 없는 게 있어서 마음이 아프다. 그렇게 마음이 아파서 사지라도 잃은 듯 우는 인간은 스스로가 감정에 너무나도 취약한 존재임을 증명한다.

사람은 감정에 취약하기 때문에 약한 모습을 보이기 싫어한다. 감정적인 사람도 마찬가지다. 누구나 눈물을 숨기고 싶어한다. 형태가 없었던 감정이 말이 되고 눈물이 되어 구체화하는 순간, 사람은 그 감정이 자신의 삶에 깊게 자리 잡을까 두려워한다. 하지만 눈에 힘을 줘도 물은 그렁그렁 차오른다. 결국 흘러넘치는 감정을 막을 수는 없다. 손을 써서 눈가를 훔치지만 이미 눈물은 쏟아진 뒤다.

나는 눈앞에서 우는 사람을 거울 보듯 바라봤다. 순전히 마음이 아파서 울어본 적은 없었다. 드러내고 싶지 않았다. 그 감정을 분석하고 싶지도 않았다. 이해될 것이라고도 생각하지 않았다. 내 마음은 나만의 것이었다. 그래서 그 끝나지 않을 것 같던 마음을 그저 지켜보고 또 지켜봤다. 그 마음을 말로 옮겨서 하찮은 것으로 만들고 싶지 않았다. 내게는 그 심정을 표현할 용어가 부족했다. 어떤 설명도 충분하지 않을 것이라 생각했다.

타인의 눈물은 그 부족한 언어를 메워주는 거울이었다. 내가 하지 못했던 감정의 서술을 그들이 몸으로 표현하고 있었다. 그제야 나도 과거에 내가 얼마나 힘들어했는지 떠올릴 수 있었다. 아주 오랜 시간 동안 아팠다. 너무 긴 시간이 지나서 잊고 살았던 것이다.

'어쩌면 마음 놓고 울 수 있는 건 좋은 일인지도 몰라.'

술에 취해 돌아오며 그런 생각을 했다. 너무나 분명해서 말보다 앞서는 울음은, 마음을 눈으로 보이게끔 증명해주기 때문이다. 내가 감정을 표현하지 않았던 건 울지 못했기 때문일지도 모른다. 내 감정은 나만의 것이고 다른 사람에게 내 감정을 설명하는 수치를 감내하지 않겠다고 다짐했지만, 사실 나는 스스로에게도 내 감정을 설명하지 못했다. 애초에 그 감정은 분석할 수 없는 것처럼 보였기 때문이다. 마음 안의 펜촉은 갈피를 잡지 못하고 그 무엇도 적지 못했다.

오랜 시간이 지나서 나는 내 감정을 서술할 수 있게 되었다. 그러나 전등에 불이 들어왔을 때는 이미 동이 튼 후였다. 나는 내 이야기를 오로지 안줏거리로밖에 사용할 수 없었다. 가장 어두운 곳에 놓인 영혼에게, 내게는 이제 쓸모없어진 그 작은 불빛이 조금이라도 도움이 되기를 바라며 뭐라도 지껄이는 것이다. "나도 그런 일이 있었어. 그때는 아무것도 도움이 될 것 같지 않았지. 그러니까 미안하다." 이런 말은 내가 너를 이해한다는 표현이기도 하지만, 충분한 시간 안에서 눈물을 훔칠 시간을 주기 위한 의식이다.

나는 안다. 마음을 위한 묘수 같은 건 없다. 그래서 우리는 늘 마음에 무방비로 노출된다. 우리는 방법을 모른다. 그때그때의 마음에 관한 한 우리는 늘 처음이기 때문이다. 어떤 경험을 하고 어떤 사람을 만나고 어떤 책을 읽든, 마음의 고통은 마치 재해처럼 번진다. 그 앞에서 와르르 무너질 수도 있다. 어쩌면 우리가 할 수 있는 일은 비바람이 그치기를 기다리며 기도하는 것

뿐일지도 모른다.

그렇게 휘몰아치는 마음을 보면서, 나는 더 이상 이입하기를 그만둔다. 내가 할 수 있는 일을 한다. 나 역시 내 마음 앞에서 작고 약하지만, 적어도 네 마음을 대할 때 나는 여기에 변하지 않는 모습으로 있다. 우리는 다른 사람의 마음을 완전히 내 것처럼 이해할 수 없지만, 그 사람의 마음에 잠겨 있지 않기에 그를 지탱해줄 수 있다. 내 마음을 내 것으로 간직할 때, 다른 누군가에게 술이라도 한잔 하자며 연락할 수 있고 그들은 그 마음에 부응하여 흔쾌히 나온다. 내 마음은 늘 나만의 것이었기 때문이다. 그건 비관도 낙관도 아닌 사실이다.

✦ ✦ ✦
나는 네가 될 수 없으므로

아무리 슬퍼해도 다른 사람의 상황을 대신 겪지는 못한다. 극단적인 예를 들면 죽어버린 사람 앞에서 아무리 절망하더라도 우리는 대신 죽을 수 없다. 내가 대신 희생하고 죽은다고 한들, 내일로 이어질 당신의 삶은 언젠가 결국 끝나게 되어 있다. 당신의 죽음은 오직 당신만의 것이다. 함께 슬픔을 느끼고 역지사지를 시도하더라도 궁극적으로 내가 당신의 마음을 대신해주는 일은 없다.

하지만 마음은 아마도 거기에서부터 시작한다.

나는 당신이 될 수 없다는 극단적인 결론 앞에서 시작되는 그 마음이란 무엇인가. 어쩌면 그게 바로 슬픔이다. 그 슬픔은 타인의 마음을 알 수 없다는 사실 때문에 색이 바래지 않는다. 오히려 누군가의 죽음을 대신 겪을 수 없다는 그 궁극적인 사실 때문에 슬픈 것이다. 내가 타인의 삶을 이해할 수 없듯, 타인도 내 치밀어 오르는 마음을 이해할 수 없다. 당신의 삶과 죽음이 오직 당신만의 것이듯, 그걸 바라보는 내 마음도 오직 나만의 것이다. 그 지점에서 마음은 포기하지 않고 오히려 슬퍼한다. 우리는 바로 그 지점에서 타인에게로 나아간다.

되돌릴 수 없기에 그리워하지 않는 게 아니라, 되돌릴 수 없다는 사실에서 출발하여 그리워하는 것이다. 되돌릴 수 있는 일이었다면 그리워하지 않았을 것이며, 이제 우리가 해야 할 일은 너무나 분명하다. 되돌아가는 것이다. 기어코 돌아가서 다시 느끼는 것이다. 우리는 시간을 거스를 수 없고, 엎지른 걸 다시 수습하지 못하는 순간도 반드시 있다. 그리움과 후회와 아픔과 상실은 거기에서 끝나는 게 아니라 바로 그 지점에서 시작한다.

사람들은 그래서 무덤을 만들고 기도한다. 망자를 떠나보낸 계절마다 그를 기억하고 다시 찾는 이유도 마찬가지다. 망자가 돌아오지 않기 때문에 무덤이 쓸모없는 게 아니라, 망자가 돌아오지 않기 때문에 우리는 무덤을 만들고 그를 다시 찾는다.

대체 이 덧없는 마음을 가지고 무엇을 할 수 있느냐고 묻는다면, 우리는 뭐라고 말해야 할까.

마음은 쓸모 있으라고 주어진 게 아니다. 우리는 타인의 심연을 완전히 이해할 수 없기 때문에 마음을 갖는다. 되돌릴 수 없는 모든 것 앞에서 어쩔 도리가 없다는 사실을 깨달았기에 마음이 생겨났을 뿐이다. 그 마음은 쓸모없기 때문에 눈물이라도 흘려야겠다는 몸부림이다. 이 모든 건 바람이 불면 들풀이 눕고 비가 내리면 낙엽이 지는 것처럼 자연스럽게 일어나는 일이다.

처음 상실을 겪은 아이에게 내 마음을 꺼내 보이고 비슷한 경험을 이야기하며 조금이라도 위안을 준다. "괜찮다, 나도 그랬단다." 마음은 그럴 때 비로소 쓰임을 얻는다. 우리는 울지 말라고 이야기하지만 그 이유는 눈물을 흘리면 안 되기 때문이 아니다. 타인의 눈물을 절대로 멎게 할 수 없는 내 무력감과 그 눈물을 따라 자연스레 슬퍼지는 내 마음 때문이었다. 돌이킬 수 없는 세계와 시간이 당연한 것이듯, 돌이킬 수 없음에 우는 마음도 당연하고 그 슬픔을 보며 따라 번지는 내 마음도 역시 당연하다.

타인을 이해하려는 시도는 우리가 타인이 될 수 없다는 사실 때문에 실패하지 않는다. 오히려 바로 그 사실 때문에 자연스레 이뤄질 수밖에 없었던 것이다.

✧ ✧ ✧

온전히 이해받을 수 없다는 행운

다른 사람에게 이해받으려 소망하는 건 어찌 보면 당연하다. 누구에게나 그런 욕구가 있다. 그래서 가끔 좌절한다. 아무도 내 마음을 온전히 이해해주지 않는 것 같고 세상에 혼자 남겨진 느낌이다. 하지만 그 욕구가 당연하다는 사실이, 그게 좋은 바람이라는 뜻은 아니다.

이런 질문을 스스로 떠올려보기만 해도 분명해진다. 좋은 친구란 어떤 사람일까? 내가 도박에 빠져 있을 때 판돈을 빌려주는 친구가 좋은 친구일까? 도박에 중독된 사람한테 돈을 빌려주는 일은 절대로 그 사람을 위한 일이 아니다. 그건 좋은 친구가 아니라 사채업자가 하는 일이다. 한 사람의 마음을 다 이해하고 오냐오냐하는 건 친구가 아니라 악마가 가장 잘하는 일이다. 악마는 인간을 유혹하는 게 아니라 유혹에 빠지도록 마음을 조장한다. 악마만큼 인간의 나약한 부분을 잘 이해하고 달콤한 욕망을 제안하는 이는 없다. 그게 악마가 하는 일이다.

좋은 친구가 어떻게 행동하는지 떠올리기만 해도, 그가 내 모든 걸 수긍하고 이해하는 사람이 아니라는 것쯤은 알 수 있다. 좋은 친구는 나를 위해 내게 맞서고 자기 견해를 드러내는 사람이다. 친구 사이에서 싸움이 일어나는 이유는 그들이 악마여서가 아니라, 서로에게 좋은 친구가 되려 하기 때문이다.

그렇기에 다른 사람에게 이해받지 못한다고 곧장 '오로지 자기만 이해하고 자기만 사랑하라'는 마음가짐으로 도망가는 건 잘못된 행동이다. 그건 나르시시즘일 뿐이며, 이해받고자 했던 자신의 나약한 성격을 방치하는 짓이다. 상처받지 않기 위해 이해받기를 거부하고 오직 나만을 이해하겠다는 말은, 판돈을 빌려주지 않은 친구와 절교하고 그저 앵무새처럼 고개를 끄덕이는 사람을 진정한 친구로 삼겠다는 태도다.

진정한 친구를 찾고자 하는 노력이 실패하고 세상이 나를 이해해주지 않는 것 같을 때는, 반대로 다른 사람을 끝까지 이해하려고 해보는 게 좋다. 다른 사람이 나를 어디까지 이해해줄 수 있을지 판단하기 위해 내가 먼저 누군가를 이해해보는 것이다. 그러면 우리는 누군가를 온전히 이해하고 좋은 방향으로 이끄는 게 아주 어렵다는 사실을 실감하게 된다.

그때 우리는 타인에게 이해를 쉽게 요구하지 않게 된다. 하지만 그건 이해의 종점이 아니라 시작점이다. 누군가를 이해한다는 건, 나를 이해하지 못하는 그들의 면모까지도 전부 이해한다는 뜻이기 때문이다. 그러려면 타인의 마음과 내 마음을 모두 살펴야 한다. 이해받지 못해 슬픈 마음을 돌아보면, 나 역시 그들을 모르고 심지어 나 자신에 대해서도 내가 제대로 모른다는 사실을 깨닫게 된다.

도대체 나는 어떤 사람이기에 이해를 받아야 할까? 이 질문은 나 자신에 대한 이해를 점검하는 과정이다. 타인에게 나를 이해시키기에는 내가 애초에 나를 잘 모른다. 나는 당황해서 말실수를 하기도 하고 내 감정을 스스로 알아채지 못해서 타인에게 모진 말을 하기도 한다. 내가 했던 말을 되돌아보지 않고 모순된 발언을 내뱉기도 한다. 이는 정도의 차이가 있을 뿐 우리 모두가 하는 행동이다. 하지만 우리는 잘못을 저지르고도 그걸 돌아보지 못해서 서로의 이해를 가로막는다. 모순된 행동을 하고 감정 때문에 일을 그르치는 사람을 있는 그대로 이해하기는 어렵다. 이해를 받으려면 그만큼 이해받을 만한 사람이 되어야한다. 내 모순성을 줄일 필요도 있고 경우에 따라서는 우선 스스로 그런 모습을 가지고 있다는 사실을 깨달아야 한다. 이런 질문도 스스로 던져보자. 나는 누군가를 어떤 방식으로 바라보고 이해할까? 내가 제대로 이해할 수 있는 사람이 한 명이라도 있을까?

이해받기만 하는 삶보다는 이해할 수 있는 삶이 낫다. 가끔은 가장 사랑하는 사람이 결코 이해받을 수 없는 행동을 하기도 한다. 사랑하고 또 사랑해야 할 사람이 종종 내 마음을 찢어놓는다. 우리는 극단적인 선택의 기로에 놓인다. 끝까지 나를 이해시키려 하거나, 서로의 차이를 이해하고 그 사람을 끌어안는 것이다. 여기서 어느 한쪽이 반드시 옳다고 단정할 수 없다. 설사 누군가를 끝까지 이해하고 그 사람이 나를 이해하지 못한다는 사실조차 이해하는 게 옳다고 하더라도, 우리는 스스로의 한계 때문에 좌절한다. 결국 한 사람이 조금 더 힘을 내 상대방에게 손을 내밀 수도 있다. 그리고 오랜 시간이 흘러, 내가 이해하지 못한 부분이 내 한계 때문이었는지 상대방의 무정함 때문이었는지 알게 될 날이 올지도 모른다.

중요한 건 실감하는 것이다. 사랑하는 사람이 나를 이해하지 못할 이유는 너무나 많다. 어쩌면 각자의 성격이 그냥 달라서 그럴 수도 있다. 내가 가는 길이 그 사람에겐 좋지 않게 보여서 그럴 수도 있다. 어느 순간에는 사랑하지 않기 때문에, 어느 순간에는 너무나 사랑하기 때문에 그렇게 행동한다. 우선은 스스로를 고민해야 한다. 나는 당신을 어디까지 이해할 수 있을까. 그리고 이걸 이해하는 게 우리를 위해 과연 옳을까. 그런 고민으로 밤을 지새우고 그 심경을 털어놓을 수밖에 없는 순간도 있다. 그런 뒤에 당신은 우리에게 뭐라고 말해줄 수 있을까. 괴로움으로 지쳐 잠든 다음 날에 내 마음은 또 어찌 되어 있을까.

　우리는 전적으로 이해받기에는, 내일의 내 마음이 어떻게 흘러갈지조차 모른다. 시간이 지난 후에야 조금은 나를 알게 된다. 이런 나를 짊어진 채 누군가를 이해해야 하고 스스로를 납득시켜야 한다. 나도 나를 완전히 모른다는 것, 나도 타인을 어디까지 이해할 수 있을지 모른다는 것, 이해받기 위한 과정은 이런 사실을 아는 데서 시작한다.

나는 나로
극복된다

염세적인 사람이나 무기력한 사람을 끝까지 밀어붙이는 건 부당하다는 생각이 가끔 든다. 사람은 모두 어떤 면에서 이중적일 수밖에 없기 때문이다. 어떤 사람은 홀로 서야 한다고 믿으며 사랑하지 않을 권리를 이야기한다. 그러면서도 동시에 외로워하고 누군가에게 의지하고 싶어 한다. 어떻게 보면 의지하고 싶어 하는 그 마음이 자기를 나약하게 만들기 때문에 홀로 서야 한다고 더 외쳐보는 것일지도 모른다. 그런 굴레에 붙잡힌 사람에게 일관성을 요구하는 게 과연 옳은 일일까? 이를테면 "그래서 너는 혼자 있고 싶은 거야, 누군가와 함께 있고 싶은 거야?"
라고 핏대를 세우면서 물어보는 거다. 이건 어떤 점에서 비열한
질문이다.

끝까지 혼자일 수 있는 사람은 없기 때문이다. 누구나 외롭
다. 항상 혼자이기를 바라는 것처럼 보이는 사람도 어디에선가
새어 나오는 외로움에 영향을 받는다. 그러다가 짝을 만나 잠시
행복하게 살더라도 결국엔 상처를 받아 찢어지고 만다. 건강하
지 못한 굴레에 있는 사람은 고독과 상실이라는 두 가지 고통에
내몰린다. 그런 사람은 결국 고독의 길을 선택하지도, 새로운
사랑을 시작하지도 못한다. 이런 악순환의 구조에서 독신을 선
택할지 사랑을 선택할지를 묻는 건, 어떤 삶을 바라냐는 물음이
아니라 어떤 고문을 선택하겠냐고 묻는 것과 같다.

혼자가 아니라면 같이 갈 수밖에 없는 삶에서 사람은 무엇을
선택해야 할까? 어디에도 대안이 없는 것처럼 보이는데 말이다.
말하자면 악순환을 선순환으로 돌려놓는 방법밖에 없다. 그러
면 홀로 걸어도 당당하게 걷고, 사랑을 시작해도 즐겁게 할 수
있다. 하지만 그 선순환이라는 게 대체 무엇일까? 결국엔 나 자
신을 찾아야 한다.

홀로 사는 게 도망치기 위한 수단이어서는 안 된다. 상처받
지 않겠다고 홀로 사는 건 도움이 되지 않는다. 악에 받쳐서 사

랑하지 않겠다고 말하는 태도도 옳지 않다. 그런 방식으로 홀로 남은 사람은 자신이 혼자여야 하는 이유를 외부에서만 찾는다. 그 마음은 타인에게서 받은 상처를 넘어서지 않고 방치하게 한다. 외로움을 극복한 게 아니라, 외로움에서 도망치고 삶을 지연시키는 것이다.

올바른 방식으로 홀로 사는 사람은 타인을 배제하지 않고 나자신을 가꿔야 할 가능성으로 대우한다. 누군가에게 받기를 바랐던 것들, 따뜻한 이야기와 함께 하는 식사 같은 걸 스스로를 위해 만든다. 스스로를 존중하는 방법을 하나씩 익혀야 한다. 자기 자신은 돌보지도 않으면서 다른 사람에게 건네던 비타민과 감기약 같은 것들을 오직 자신을 위해 스스로 먹어야 한다. 누군가에게 보이기 위해 몸을 가꾸는 게 아니라 자신을 위해서 몸을 가꾼다. 아무에게도 자기를 보여줄 일이 없다고 믿으며 스스로를 방치하는 허무주의자보다는 거울을 보고 만족하는 나르시시스트가 낫다. 그러다 보면 단순한 자기만족에서 자기 존중으로 나아갈 수 있다.

이는 홀로 사는 방법이기도 하지만 사실은 같이 살아가는 방법이기도 하다. 홀로 스스로를 돌봐야 하는 이유가 또 하나 있다면, 그건 타인과 같이 사는 게 두렵기 때문이 아니라 타인에게 베풀 수 있는 사람이 되어야 하기 때문이다. 그런 사람이 된다면 우리는 자연스레 누군가에게 도움을 줄 수 있다. 스스로 요리할 줄 아는 사람은 타인에게 요리를 해줄 수 있고, 자신의 건강을 관리할 줄 아는 사람은 타인에게 건강에 관해 조언을 해줄 수 있다. 자기를 위해 무언가를 만들 줄 아는 사람이 타인에게 무언가를 만들어주고 좋은 관계를 이어나갈 수 있다.

사랑하지 않기 위해 홀로 살지 말고, 누군가에게 잘 보이기 위해 스스로를 돌보지도 마라. 스스로 돌보는 사람은 어쨌든 자기 자신을 위해 무언가를 해줄 수 있고 또 타인을 위해 무언가를 해줄 수 있다. 물론 꼭 타인에게 무언가를 해줄 필요는 없다. 단지 그 가능성은 언젠가 어떤 관계를 자연스럽게 시작할 수 있도록 도와준다. 사랑을 언제나 한 사람과의 사랑이라 생각하지 말자. 친구들을 위해 요리하고 무언가를 해줄 수 있도록 먼저 자신을 위해 무언가를 해라. 스스로를 사랑한다는 말은 자기가 어떤 방식으로 살든 만족하겠다는 선언이어서는 안 된다. 당신은 가능성을 지닌 존재다. 당신은 무언가가 될 수 있다. 그건 직접 스스로를 돌볼 때 가능하다.

나는 하나의 그림을 보여주고 있다. 이 그림이 얼마나 도움이 될지는 모르겠다. 그런 점에서 나는 "당신은 무엇이 될 것인가?"라고 묻는 게 아니다. 그보다는 "어떻게 무기력이라는 악순환에서 벗어날 것인가"라고 묻고 있다. 그 질문은 분명히 뒤섞여 있다. 하지만 첫 번째 질문의 답을 얻어내기 위해 그들을 몰아세우는 건 분명히 부당하다. 그렇다면 어떻게 할까. 같이 무언가를 해보는 게 가능할지도 모른다. 내 이야기가 같이 무언가를 해나가자는 제안으로 들리기를 바란다.

✤ ✤ ✤
염증 같은 관계와 굳은살 같은 관계

모든 인간관계에는 반드시 불안 요소가 있다. 직장 동료 사이에도 있고 스승과 제자, 친구와 친구, 연인과 연인 사이에도 있다. 불안 요소는 평소에 줄곧 숨어 있지만 언제 튀어나올지 모른다. 이건 말하자면 한 인간이 지닌 장점과 단점의 근원이다. 발랄하고 외향적인 사람과 사귀는 건 즐겁고 모험심을 자극하지만, 그 사람과의 느슨한 관계 속에서 스스로 위축되거나 소외될 수 있다는 사실을 우리는 얼마간 알고 있다. 하지만 외향적인 사람의 넓은 관계를 무시하고 나만 사랑하게 둘 수는 없는 노릇이다. 그 사람이 관계를 맺는 방식은 활발한 에너지와 연결되어 있기 때문이다. 내향적인 사람의 진중하고 숙고하는 모습도, 소극적이고 쉽게 속내를 털어놓지 않는 태도와 깊게 연결되어 있다. 다른 사람을 내 입맛에 맞게 바꿀 수 없다는 이야기다. 바로 그

부분이 인간관계에서 불안 요소로 남는다.

흥미로운 사실은 그런 불안 요소에도 불구하고, 더 나아가 바로 그 불안 요소 때문에 우리가 관계를 맺는다는 점이다. 두꺼운 가죽 워커가 내 발에 상처를 내지만 그래도 신는 이유는 그 두껍고 단단한 모양새를 좋아하기 때문이다. 이처럼 어떤 특성을 좋아하면서도 거기에 상처를 받는다는 사실이 그 특성을 불안 요소로 만들기도 한다.

누군가는 이를 낙관한다. 우리는 서로에게 더 익숙해질 수 있다. 서로 양보하고 서로 맞춰갈 수 있다. 그러다 보면 내가 보기 싫은 모습이 조금 희석되거나 내가 받아들일 수 있을 정도가 될 것이다. 하지만 그건 쉽지 않다. 서로 맞지 않는 부분을 맞추려 애쓰다 보면 더 지치고, 더러는 나보다 상대가 먼저 지치기도 한다. 그러다 보면 괴로워서 모든 관계를 그만두고 싶다.

내가 아는 사실은, 서로 조정되고 조화를 이루기 위해서라도 괴로운 과정은 반드시 겪어야 한다는 점이다. 맞지 않는 신발을 신으려면 물집이 잡히고 뒤꿈치가 벗겨지는 경험을 할 수밖에 없다. 그런 뒤에 결국 굳은살이 생긴다. 그러고 나면 더 이상 아프지 않다. 물론 언제나 그렇지는 않다. 어떤 신발은 아주 맞지 않아서 굳은살이 생기기도 전에 염증만 나게 한다. 그런 신발은 신지 않는 게 낫다.

하지만 이런 편리한 은유는 별로 도움이 되지 않을 것 같다. 우리가 어디까지 참아야 하고 언제 관계를 중단해야 하는지를 말해주지 않기 때문이다. 굳은살이 생기려면 통증을 견뎌야 한다. 그런데 언제까지? 가장 골치 아픈 문제는 결국 포기한 뒤에 듣는 힐난이다.

"결국 네가 덜 노력한 거야."

그러나 '전적인 헌신'과 '쉬운 포기' 사이에는 반드시 길이 있다. 염증이 생겼을 때는 신발을 바로 버리지 말고 일단 며칠을 쉬어야 한다. 두고 보라는 이야기다. 사람들은 마음에 드는 신발을 샀다고 기뻐하다가 혹시 그게 자신의 발에 안 맞지 않을까 고민하고 두려워한다. 그러다 결국엔 관계가 끝나는 건 아닌지 불안해한다.

이 불안감에서 먼저 자유로워야 한다. 관계를 포기하더라도, 두려움 때문에 성급하게 문제를 들쑤시다가 실수를 저질러 포기해서는 안 된다. 작은 상처는 아물 수 있다. 피부는 그 과정에서 단단해진다. 그건 나 혼자 견뎌야 하는 일이 아니다. 발은 혼자 단단해지지 않는다. 신발도 동시에 길들여진다. 내가 바뀌는 만큼 상대도 부드러워진다. 서둘러 관계를 시험하려 들지 말고, 나 자신의 상태를 살피면서 상대가 어떻게 대응하는지를 살펴야 한다.

그 과정을 이룰 방법은 중요하지 않다. 그건 너무나 다양해서 말로 표현하기 어렵다. 하지만 한 가지는 확실하다. 두려움과 불안에 떠밀려 상대와 나의 관계를 시험하려 해서는 안 된다. 모든 관계는 이미 시험의 연속이다. 불안 요소는 우리를 두렵고 성급하게 만든다. 그렇다고 상대를 내게 강압적으로 맞추려 하거나 내 전부를 상대에게 맞추려고 하면 어느 쪽이든 좋게 끝나지 않는다. 그건 불안 요소를 방치하는 일이기 때문이다. 그러면 어느 것에도 익숙해지지 않고 힘들어할 뿐이다. 내가 끊어지거나 상대가 부러진다. 염증은 곪는다.

절박한 나머지 나를 주장해서는 안 된다. 정말로 자기 자신이 되어서 나를 주장해야 한다. 그래야 상대방 역시 자기가 물러설 곳을 명백히 알 수 있고, 나도 어디까지 물러날 수 있는지 이해하게 된다. 운이 좋다면 둘은 각자의 불안 요소를 가지고서도 서로 익숙해지고 단단해진다. 설령 그 관계가 끝나게 되더라도, 그저 자신들이 달라서 그랬다고 받아들일 수 있다. 슬픈 일이지만, 뒤늦게라도 내가 부족했다고 반성을 할 수도 있다.

이건 관계의 필승법이 아니다. 착하고 좋은 사람이 나쁜 사람을 만나서 시달리는 경우가 있다. 그런 관계는 얼른 정리하는 게 좋다. 병적인 상태가 아니라면 내게 걸맞지 않은 사람 정도는 알아볼 수 있다. 하지만 그보다도 내가 말하고 싶은 건, 사람과 사람이 만나 행복하게 지내다가 그저 서로의 차이를 극복하지 못했다는 이유로 헤어지는 경우다. 그건 사악한 배신과는 다른 종류의 상처를 남긴다. 이게 어려운 점일 것이다. 원망 없이 상처받는 경우, 그들은 서로의 불안 요소를 극복하지 못했다는 사실만을 알게 된다. 결국 우리의 관계가 염증이 될지 굳은살이 될지는 지나고 나서야 알 수 있다.

　이런 말로도 관계는 속단할 수 없다. 스스로 보기에도 내 노력이 부족했지만 누군가 한 걸음 더 다가와 나를 붙들어준 적도 있었기 때문이다. 누군가는 다 해주고도 못해준 자기 탓이라고 말하고, 누군가는 손 하나 까딱하지 않고도 만족한다. 누군가는 반성하고 누군가는 상대를 비난한다. 반성과 비난이 그 자체로 좋거나 나쁘지는 않다. 정말로 누군가는 나쁘고, 누군가는 상대방이 나쁜 줄 모르고 자기가 나쁘다고 말한다. 그러나 우리가 말하는 주제가 법정 판결이 아니라 관계라면, 우리의 목적이 위자료를 받는 게 아니라 그 관계를 지키기 위한 것이라면, 결국 최선을 다해서 노력하는 수밖에 없다. 내 상처를 잘 돌보는 게 중요한 이유는 곧 상대와 나를 조화시키는 데 도움이 되기 때문이다. 그리고 내가 나로 있는 만큼 상대는 내게 어떤 방식으로 길들여지고 있는가. 운이 좋다면 그에 감사하게 될 수도 있다.

그렇게 버티면
언젠가 마음은 돌아온다

요즘 틈날 때마다 〈모던 패밀리〉를 본다. 시트콤에는 나름의 매력이 있다. 시트콤이 웃긴 이유는, 등장인물이 멍청하게 행동하기 때문이다. 말도 안 되는 내용 같지만 극이 설득력이 갖는 이유는 우리가 그런 상황을 상상한 적이 있기 때문이다. 우리는 머릿속으로 상대에게 말도 안 되는 헛소리를 해보기도 하고, 마음에 드는 물건을 훔치고 싶다고 생각하기도 한다. 마음에 들지 않는 사람을 골탕 먹이고 싶기도 하다. 하지만 그런 일은 현실에서 일어나지 않는다. 그만큼 현실은 분명히 시트콤보다 단조롭다.

단조로움은 분명 평화나 행복을 가져다주지 않는다. 우리는 큰 실수를 하지 않기 위해 자잘한 감정을 억누르고 누군가의 화를 돋울 만한 짓을 하지 않는다. 그래서 삶은 단조로우면서도 종종 비열하고 우울하다. 우리는 사랑하는 사람 앞에서 낯부끄러워하며 진심을 대놓고 드러내지 않는다. 마음은 끓어오르다가 결국 극적이지 않은 방식으로 터져 나온다. 반면 시트콤의 등장인물은 그 마음을 해소하기 위해 거리낌 없이 상대를 시험하고 직설적으로 말을 한다. 아니면 실수로 속마음을 들키기도 한다. 거기에서 갈등과 충돌이 발생하면서 이야기가 진행된다.

하지만 이렇게 겉으로 드러난 충돌은 등장인물의 적극적인 개입으로 어떻게든 해결된다. 문제가 대놓고 드러나기 때문에 근본적인 해결이 가능한 것이다. 그러나 현실의 우리는 스스로의 부끄러운 마음을 함부로 내보이지 않는다. 그래서 다툼과 후회 뒤에도 앙금이 남는다. 현실의 인간은 시트콤의 인간과 달리 자신의 극단적인 마음을 곧이곧대로 보여주고 싶지 않은 것이다. 단조로운 삶의 우울과 파격적인 시트콤의 평화는 그래서 서로 다르다.

시트콤은 우리가 남몰래 숨겨왔던 마음을 실제로 드러낸다는 점에서 쾌감을 준다. 게다가 그 마음이 극단적인 상황을 거쳐

해소되는 걸 보면서 대리 만족을 느끼게 해준다. 시트콤 속 인물은 짜증나는 인간에게 어떤 방식으로든 저주를 퍼붓고 상대방은 예상치 못한 말에 충격을 받는다. 하지만 충격 후에 마침내 서로가 서로를 어떻게 생각하는지 알게 되고, 극단적인 경우가 아닌 이상 화해한다. 이런 극단성이 없는 현실에서는 뒤에서 서로를 욕하고 겉으로 웃는다. 갈등은 얇고 길게 지속된다. 그렇게 피로감에 시달리던 사람들이 시트콤에 끌리는 건 당연한 일인지도 모른다.

현실이 시트콤처럼 될 일은 없을 것이다. 모두가 시트콤 속 인간이 아닌 이상, 다 큰 어른인데도 자신의 감정을 스스럼없이 표현하고 누군가를 골탕 먹인다면 그 인간은 자연스레 고립될 것이다. 하지만 우리가 더 할 수 있는 일은 분명 있을 것이다. 직접 말하지 않으면 해결되지 않는 문제가 있다. 적극적으로 자기 마음을 드러내고 상대에게 무언가 털어놓아야 하는 순간도 있다. 그러지 않으면 서로의 생각을 모르는 채로 멀어지고, 결국엔 문제를 해결하려는 시도조차 하지 않은 채 헤어질 것이다.

가끔씩이라도 시트콤처럼 살 수 있지 않을까. 사과하기 싫어서 자신의 마음을 드러내지 않으면 잠깐의 평화를 얻지만 기나긴 냉전을 치러야 한다. 가끔은 화끈하게 자기 마음을 보여주고 사과하고 용서받고, 그럼으로써 상대를 용서할 수는 없을까. 혹시 이런 생각이 들게 한 기억이 있다면, 앞으로도 비슷한 상황을 겪을 것이다. 그렇다면 달리 될 수도 있지 않을까. 그러면 삶도 단조로운 우울함이 아니라, 조금은 역동적인 유쾌함을 가지게 될지도 모른다. "너 처음에는 나 싫어했잖아." "그래, 그때는 그랬지." 그렇게 말하면서 웃을 수도 있을 텐데.

✦ ✦ ✦
우리는 행복으로 살지 않는다

시트콤 〈지붕 뚫고 하이킥〉에서 신세경은 마지막으로 이렇게 말한다.

"시간이 잠시 멈췄으면 좋겠어요."

고백을 마치고 그녀는 자동차 사고로 죽는다. 정말로 시간이 멈춘 것이다. 나는 그들의 죽음을 원망했다. 시트콤의 결말이 그래서는 안 된다고 생각했다. 항상 웃음을 주던 시트콤인데 진지한 드라마에서조차 찾을 수 없는 우울한 결말이 싫었다. 즐겁게 먹은 음식의 뒷맛이 좋지 않아 모든 식사를 망친 느낌이었다. 김병욱 프로듀서의 시트콤 결말은 대부분 그런 식이다.

하지만 시간이 흘렀고 나는 그 결말을 다시 생각했다. 그들은 우리에게 웃음을 줬다. 하지만 그들은 웃었을 뿐이지 행복하지는 않았다. 〈지붕 뚫고 하이킥〉에서 신세경은 지지리 가난하다. 아버지는 빚쟁이들에 쫓겨 도망갔고 어린 동생을 홀로 돌봐야 한다. 〈똑바로 살아라〉에서 박영규도 마찬가지다. 빠듯한 월급 때문에 가족을 돌보기가 힘들다. 그나마 경제 사정이 나은 노주현도 마찬가지다. 공부를 못하는 아들 형욱은 매번 성적표를 위조하거나 빼돌린다. 우리는 돈에 허덕이는 이들과 공부 때문에 치고받는 부자간의 모습을 보면서 깔깔 웃었다. 드러나면 곤란한 비밀을 지키려는 이들과, 어떻게든 가난과 싸워 이기려 노력하는 이들의 모습을 보면서 웃었다.

이는 외부에서 바라본 우리의 웃음이다. 내부에서 바라본 그들의 삶은 웃기지 않다. 숨겨야 하는 비밀로 전전긍긍하는 사람의 시선에서 본 세계는 외줄 타듯 아슬아슬하다. 돈 한 푼 없어 막막한 사람의 내일은 칠흑 같은 어둠이다. 짝사랑하는 이의 마음은 찢어지게 아프다. 모든 이야기는 등장인물 개개인의 불안과 욕심, 근심 속에서 이뤄진다. 그게 시드콤의 본질이다. 남을 웃기는 사람은 단지 긍정적인 사람이 아니다. 이런 어두운 면을 정확히 알고 있어야 한다. 그래야 사람들의 간지러운 부분을 긁어줄 수 있다.

우리는 그들의 불행을 보고 웃었다. 하지만 실컷 웃어놓고도 그들의 삶이 모두 행복하기를 바란다면 그거야말로 욕심일지도 모른다. 어쩌면 불행한 결말이 더 자연스럽다. 사랑만으로 만난 커플이 빚어내는 사랑싸움은 공감하기도 좋고 희극적이다. 하지만 그 희극성이 영원한 관계를 보장해주지는 않는다. 오히려 반대로 그들은 언젠가 헤어질 것이다. 가난에 허덕이는 가장은 어느 날 복권에 당첨되지 않는 한 계속해서 가난하리라는 것도 자연스럽다. 심지어 행복했던 이들도 어떤 불운을 만나게 될지 알 수 없다.

그게 삶이다. 시트콤이 삶의 축소판이 아니라, 삶이 시트콤의 확장판이다. 우리는 그렇게 살고 있다. 태어났을 때부터 행복한 것도 아니고, 잠시의 행복이 영원한 행복으로 이어지지도 않으며, 마지막이 항상 행복한 것도 아니다. 희로애락은 계속해서 순환한다. 그 모습은 밖에서 보면 희극이고 지나고 보면 모험담이지만, 그 상황 속의 개인은 늘 아수라의 세계에 살고 있다.

김병욱 프로듀서의 시트콤 다수가 음울하게 끝났던 이유는 그 때문이다. 배경음악이 우울해서가 아니고, 인물들이 근심 끝에 표정을 찡그리고 있어서도 아니다. 단지 카메라의 시선을 인물의 내면에 맞춰 조금만 더 깊게 들여다봤을 뿐이다. 호통치는 아버지 노주현과 공부 못해서 혼나는 아들 노형욱의 겉모습에 머무르지 않고, 미래에 자식이 정말로 어떻게 될지 걱정하는 아버지의 심리와 그 때문에 해외로 유학을 가야 하는 아들의 근심을 조금만 따라가 보면 알 수 있다. 겉모습이 아니라 그들의 속을 보고 들을 때 시트콤은 희극성을 벗고 비극이 된다. 김병욱 프로듀서의 야심은 그 희극성이라는 베일을 벗기고 삶을 드러내려 했던 것일지도 모른다.

잘 웃기는 사람은 그 뒤에 감춰진 삶이 어떤 모습인지 안다. 아픔을 어떻게 포장하면 희극이 될지를 안다. 광대의 눈물 자국이다. 그런 삶의 결말은 행복이 아니라 피로감이다. 그 피로감이란 아수라의 삶을 보여주면서도 결국 웃음소리를 들어야 했던 극중 인물이 느끼는 감정일 테다. 피로감은 희극의 반례가 아니라 희극의 조건이다. 하지만 이건 심각한 비관이 아니다. 우리는 행복으로 사는 게 아니다.

"시간이 잠시 멈췄으면 좋겠어요."

세경은 그렇게 말하고 그녀의 시간은 그렇게 멈춘다. 슬픈 건 그녀가 죽어서가 아니다. 작은 행복이 영원하려면 그 순간에 죽는 것밖에 다른 도리가 없다는 사실이 슬프다. 그러지 않으려면 살아서 이별과 고통을 맛보고 불행을 견디며 살아야 한다. 그러나 우리가 경험했듯, 웃길 수도 있고 웃을 수도 있다. 지나고 보면 웃게 되는 날이 있다. 비극은 개인이 느끼지만 그 개인은 다시 그 기억을 돌아본다. 지난날을 희극으로 조명하며 우리는 웃음을 터뜨린다. 행복하지 않아도 웃을 수 있다. 때때로 삶은 점

선처럼 이어지는 웃음의 순간들로 이어지기도 한다. 우리는 살아갈 이유가 있어 사는 게 아니라, 살아갈 기분으로 산다. 웃음이 행복을 보장하는 일은 앞으로도 없을 것이다. 단지 살아갈 수 있을 뿐이다. 행복하지 않았다. 단지 웃겼을 뿐이다.

✧ ✧ ✧

삶과 나의 거리감

시트콤이 웃기려면 우선 갈등이 있어야 한다. 시트콤 속 인물은 자신의 욕망에 따라 '하면 안 되는 일'을 저지른다. 이를테면 친구의 지갑을 훔치고 순간의 위기를 모면하기 위해 거짓말을 한다. 이 모든 사건은 우리가 한 번쯤 떠올렸을 법한 상상에 근거한다. 다만 우리는 상상으로만 그쳤을 뿐이다. 시트콤 속 인물은 스스럼없이 행동하고 그래서 곤경에 처한다. 그 광경은 슬프다기보다는 웃기다. 그런 일이 꼬리에 꼬리를 물면서 이야기를 구성한다. 거짓말을 한 번 했다가 그걸 덮기 위해 더 큰 거짓말을 한다. 결국 그렇게 불어난 거짓이 드러나 망신을 당하고 위기는 극적인 방식으로 해소된다.

　우리가 시트콤 속 인물이라면 그 상황이 그저 웃기지는 않을 것이다. 누군가는 술을 먹고 저지른 바보 같은 행동에 자괴감을 느낀다. 만약 스크린 밖에 누군가가 있다면 그를 보며 웃을지도 모른다. 답안지를 제출하기 10초 전에 답을 바꿨다가 그 문제를 틀린다. 문제 하나가 당락을 가르기에 고통스러워한다. 그러나 외부에 있는 사람은 또 웃을 것이다. 그대로 제출했으면 괜찮았을 텐데 바보 같은 고민과 소심함 때문에 일을 그르친 꼴이 남 일 같지 않으면서도 사실은 남 일이라 흥미진진해한다.

"삶은 멀리서 보면 희극"이라는 말이 있지만, 너무 멀리 떨어져서 봐도 안 된다. 자신의 삶을 너무 멀리서 보면 그 희극은 냉소로 드러난다. 내 삶을 내가 비웃는 것이다. 내가 한 짓을 술자리에서 농담으로 사용하는 건 나와 내 삶 사이의 거리를 벌린다. 우리는 그러면서 잠시 쉴 수 있다. 하지만 그 일을 너무 오래, 극단적으로 하는 순간 나는 내 삶에서 이탈해버리고 그 삶을 마치 내 것이 아닌 것처럼 취급한다. 그러나 여전히 그 삶은 내 것이다.

우리가 이렇게 자신의 삶에서 떨어지려는 데에는 이유가 있다. 삶을 가까이서 보면 그 안에서 겪는 고통이 크게 보이고 삶이 비극처럼 느껴진다. 비극이란 말에는 이미 태연하게 넘어설 수 없다는 의미가 담겨 있다. 그렇기에 우리는 그 사실을 견디기 위해서라도 삶과 거리를 두었던 것이다. 그렇게 물러나는 순간 삶의 비극은 사라진다. 하지만 그 과정에서 삶은 내 삶이 아니게 된다.

우리의 문제는 그래서 다음과 같다. 우리는 삶이 덮쳐 올 때 주저앉아 울고만 싶다. 하지만 그러지 않기 위해 삶을 다른 사람의 것처럼 거리를 두고 무심하게, 때로는 조소하며 바라보려 한다. 누군가는 전의를 잃고 절망에 빠진다. 누군가는 달관을 빙자해 냉소적인 태도로 삶을 대한다. 그러나 절망에 빠져 아무것도 하지 않을 수는 없다. 그러면 이 삶을 살아갈 수 없기 때문이다. 동시에 우리는 삶에서 완전히 이탈해서도 안 된다. 그 삶은 내 삶이고, 거기서 진정으로 빠져나오는 방법은 삶을 끝내는 것밖에 없기 때문이다.

그런 점에서 삶을 너무 가까이서 보는 사람과 삶을 너무 멀리서 보는 사람은 결국 똑같은 문제를 겪고 있는 셈이다. 두 태도는 아주 밀접하게 연결되어 있다. 울다 지친 누군가는 결국 더이상 흐느낄 힘조차 없어 세상으로부터 멀어지며, 태연하게 버티고 있는 사람도 언제 터질지 모르는 감정을 품고 있는 것이다.

그래서 이게 나쁜가? 우리는 이 질문에 답해야 한다. 이게 정말로 나쁘다면 우리에게는 아주 당연한 대답밖에 남지 않기 때문이다.

"삶을 너무 가까이에서도 또 너무 멀리에서도 바라보면 안 된다."

그러나 삶은 과정이며 연속이다. 이 세상에 제 삶과 건강한 거리를 유지하며 사는 사람은 없다. 어떤 점에서는 그 거리를 유지하려는 태도 자체가 문제를 일으키기도 한다. 우리에게 필요한 건 적정 거리를 찾는 일이 아니라, 시간을 견디는 일이다. 터지는 울음을 참을 방법은 없다. 그래서 우리는 곁에 있는 사람이 울 때 그를 그저 울게 두기도 한다. 덮쳐 오는 삶을 재빨리 희극으로 만들 수 있는 사람은 없다. 절망한 사람에게는 자신의 삶을 받아들이기 위한 시간이 조금 더 필요하다. 일찍 찾아오는 거대한 절망에서 헤어 나오려면 시간이 필요하고, 쉬이 인정할 수 없는 절망 역시도 제 모습을 드러내려면 그만큼의 시간이 필요하다.

우리가 삶을 가까이에서 보지도, 너무 멀리서 보지도 말아야 하는 이유가 존재한다면, 그건 우리가 삶을 언제까지나 바라보기만 할 수는 없기 때문이다. 삶과 어떤 거리를 두기에 우리는 이미 삶 안에 던져져 있다. 그렇기에 이 견딜 수 없는 삶 안에서 어떤 방식으로든 적정 거리를 찾으려 하고, 거기에 실패해 절망하거나 냉소하는 것이다. 절망과 냉소는 어느 한 과정일 뿐이고, 거쳐야만 한다.

절망과 냉소 사이에는 회색 지대가 없다. 둘 중 어느 한쪽에서 허우적거리면서 다시 내가 스스로를 찾을 때까지 기다리는 것이다. 나쁜 건 자신과의 거리 두기가 아니다. 나쁜 건 오히려 우리에게 앞에 닥친 그 비극이다. 이미 찾아온 비극을 없던 일로 만들 수는 없다. 그렇기에 우리가 허우적대야 한다면 그건 어떤 점에서 운명이라고 말할 수 있다. 그러나 우리는 운명을 받아들이기 위해 시간을 가져야 한다.

시간을 가진다는 건 어떤 의미일까. 삶 가까이에서 절망하든 멀리서 냉소하든 우선은 그렇게 시간을 보낼 수밖에 없음을 인정한다는 뜻이다. 처음엔 그렇게 하는 게 나쁘지 않을 것이다. 동시에 자기가 그 과정 끝에 적정 거리를 찾아낼 수 있다는 희망을 놓지 않는 것이다. 주저앉아 있거나 냉소할 수만은 없다. 언젠가는 스스로 일어서야 하고, 그 삶은 다른 사람의 삶이 아니라 바로 자기 자신의 삶이다.

더 중요한 건 그 기다림의 과정에서 스스로를 지키는 것이다. 스스로를 지키는 방법은 당장 나 자신을 되찾고 다잡는 게 아니다. 비극의 상황에서 자기 자신을 찾기란 정말로 어렵다. 하지만 몸을 지키는 것 정도는 할 수 있다. 하루 이틀 술을 마시는 건 좋아도 너무 많이 마시면 안 된다. 먹는 걸로 스트레스를 풀더라도 몸이 망가질 정도로 먹으면 안 된다. 우선 내 마음의 그릇을 지켜야 한다. 몸이 사라지면 마음을 바로 세우려 시도조차 할 수 없기 때문이다. 비극은 금방 사라지지 않고 상실한 것들

도 돌아오지 않는다. 마음을 지킬 수는 없어도 우선 몸을 지켜
내는 것이다.

　당장 행복할 수 있을 거라 믿지 마라. 당장 스스로를 다잡고
자기 길을 힘차게 걸어갈 수 있을 거라 생각하지 마라. 그 대신
에 우리 삶에 놓인 사소한 규칙을 지켜야 한다. 너무 절망하느
라 회사에서 잘릴 정도로 일을 방치해서도 안 되고, 내 슬픔을
노래하느라 주변 사람에게 소홀해서도 안 된다. 해야 할 일을
하고 지켜야 할 걸 지킨다. 그것을 무심하게 해라. 몸을 가꾸고,
운동을 하고, 노래를 듣고, 친구와 술을 마시고, 영화를 보고, 전
시회에 간다. 자전거를 타고 봄을 느끼며 수많은 사람들이 이
세상에서 어떻게 살고 있는지 관찰해라. 그게 과거의 상실을 돌
려놓지는 않는다. 하지만 여전히 우리가 보내야 하는 시간 안
에서 스스로를 지키고 가꿀 수 있도록 도와준다. 그렇게 버티면
언젠가 마음은 돌아온다.

　이렇게 조금씩 삶의 거리를 맞추는 것이다. 나는 내 삶을 걸
어간다. 실패해도 좋다. 당장 나를 찾지 못해도 괜찮다. 누군가
그렇게 머뭇거리고 있거든 괜찮다고 말해주자. 결국 우리는 이
런 과정을 거쳐서 앞으로 나아가야 한다. 물이 깊은지 어떤지는
들어가 봐야 안다. 그때 우리는 자기만의 적절한 수심을 찾고
삶을 헤쳐 나갈 수 있다.

삶은 열쇠가 아니라
자물쇠를 찾는 게임

"열쇠 꾸러미의 마지막 열쇠가 자물쇠를 연다."

우리는 이 말이 거짓이라는 걸 안다. 마지막 열쇠로도 자물쇠는 열리지 않을 수 있기 때문이다. 그럴 때 이 말은 희망 고문이 된다. 사람들은 희망에 투자를 하고 돈을 잃는다. 하지만 그러면서도 계속해서 돈을 건다. 파산이다.

마지막 열쇠로 자물쇠를 땄다는 이야기는 성공한 사람의 결과론적인 말이다. 열리는 열쇠는 늘 마지막이기 때문이다. 자물쇠를 연 뒤에는 더 이상 다른 열쇠가 필요 없다. 따라서 마지막 열쇠가 자물쇠를 연다는 말은 사실상 아무런 의미가 없다.

삶이 어려운 이유는 자물쇠 하나에 열쇠가 여럿이어서가 아니라, 열쇠를 몇 개 가진 각자의 앞에 무한한 자물쇠가 있기 때문이다. 우리는 무엇을 쥐어야 할지 모르는 데다 그걸로 무엇에 도전해야 할지조차 모른다. 삶의 문제는 열쇠를 고르는 문제가 아니라 자물쇠를 고르는 문제이기도 하다.

그러니 우리에게 중요한 건 무엇이 열리는 열쇠인지가 아니라, 열려고 하는 시도 그 자체다. 시도가 무한하면 실패는 없다. 실패는 과정일 뿐이다. 그런 점에서 희망이 고문이라는 말도 실은 결과론적이다. 시도는 고될지 몰라도 고문이 아니다. 희망을 보는 사람은 희망으로 살지, 희망으로 죽지 않는다. 희망으로 죽을 때가 있다면 그건 희망도 함께 죽는 순간이다. 희망은 그때 고문이 된다.

따라서 우리가 할 수 있는 건 실패했다고 말하지 않는 것이다. 세상 사람 모두가 실패했다고 말할지라도 말이다. 그건 현실 부정이 아니라 스스로의 의지에 대한 긍정이다. 의지를 스스로 부정하면 지난날이 모두 고문의 순간으로 변할 것이다.

다만, 의미를 둬야 한다. 실패도 좋고 고문도 좋으니 거기에서 의미를 얻고 무언가를 배워야 한다. 그러면 눈앞의 자물쇠에 맞는 열쇠가 없다는 사실을 깨닫더라도 그동안 배워 익힌 걸 가지고 새로운 자물쇠를 찾아 떠날 수 있다. 자물쇠를 열 수 없다는 생각은 섣부른 비관이다. 우리는 언젠가 다른 자물쇠를 열 수 있다. 이 말은 결국 희망을 긍정한다. 하지만 우리가 가진 건 그뿐이다.

'한 번만 더.'

그 생각으로 살았다. 정말로 큰 상처를 받아도 조금 더 참아보기, 참지 못하고 잠들었다면 다음 날 다시 시도해보기. 그게 중요하다고 느낀다. 시도는 무한히 할 수 있다. 시도할 대상도 무한하다. 시도의 종류와 대상을 한정하지 말고 자유로운 마음으로 세계 안으로 들어가자.

✦ ✦ ✦

당신의 고통이 가리키는 것

살아가는 동안 계속해서 아픔을 마주한다. 그러면서 생각한다. 비극은 없을수록 좋다. 우리는 상처받기를 원하지 않고, 상처를 주지 말아야 한다는 걸 안다. 우리는 자기를 가장 아프게 했던 것들을 얼마든지 떠올릴 수 있다. 듣고 싶지 않았던 말, 거절당한 사랑, 취업 실패, 의사가 내린 병의 진단 등등. 그 안에서 우리는 이런 일이 벌어지지 않았더라면 얼마나 좋았을까 하고 생

165

각한다. 바로 '비극의 윤리학'이다.

그러나 우리는 비극이 일어난 뒤에야 그걸 인식한다. 모든 건 이미 발생해버렸고, 돌이켜보면 모든 실수와 부주의, 그리고 예측하지 못했던 재앙이 뒤섞여 있다. 그래서 비극은 막을 수 없었던 일처럼 회고된다. 누군가는 비극을 직접 해결하려고 애를 쓰고, 운이 좋다면 실제로 상황이 나아질 수도 있다. 그러고는 의기양양하게 말하기도 한다. 자기 앞에 놓인 비극을 계기로 무언가를 배웠다고 말이다. 바로 '비극의 의미론'이다.

아이는 걸음마를 떼면서 넘어진다. 넘어진 뒤에야 일어서는 법을 배운다. 그러고 나면 조금 더 가볍게 말할 수 있을지 모른다. 넘어졌기 때문에 일어서는 법을 배웠다고 말이다. 그러나 어떤 부모는 자식을 잃는다. 그들이 이 비극에서 어떻게 의미를 얻을 수 있다는 말인가. 우리는 언젠가 용서할 수 없는 비극을 만날지도 모른다. 그런 사람에게 상처를 사랑하라는 말은 기만이다.

그럼에도 불구하고, 나아가기 위해서는 크고 작은 비극에서 의미를 얻어야 한다. 비극은 언제 어떤 방식으로 닥칠지 알 수 없다. 그런 점에서 삶은 궁극적으로 행복할 수 없다. 죽음은 언젠가 닥쳐온다. 그전에도 삶은 소중한 것들을 반드시 앗아 간다. 우리는 끊임없이 이별을 마주한다. 상처와 아픔을 사랑할 수는 없을 것이다. 그러나 우리는 이별에서 고통을 느끼는 이유를 계속 떠올려야 한다. 그건 우리가 잃어버린 걸 간절히 바랐기 때문이다.

많이 사랑했던 사람이야말로 많이 아파한다. 비극이 남기는 아픔에는 우리가 원래 추구했던 의미가 숨어 있었다. 의미는 결과로 드러나지 않는다. 의미는 이미 우리의 가슴속에 있었다. 비극에서 무언가를 알아채고 새로운 걸 배웠다고 말하기 이전에 우리가 아팠던 건, 그저 행복을 바랐기 때문이 아니었다.

비극이 없어야 한다는 윤리학에는, 비극 안에서 의미를 뽑아낼 수 있다는 의미론이 담겨 있다. 수많은 상실에 모두가 아파하는 건 아니다. 상실이 아픈 이유는 그 잃어버린 대상이 소중했기 때문이다. '그 소중한 건 내게 어떤 의미를 갖고 있었나.' 이 물음에 대답할 때, 우리는 스스로가 이전에 어떤 가치를 추구하며 살고 있었는지 알게 된다. '그리고 나는 그 소중한 걸 어쩌다가 잃었나.' 이 의문을 갖고 고민할 때, 우리는 상처를 딛고 일어나 무엇을 어떻게 고쳐야 할지 알게 된다. 물론 개개인의 크고 작은 비극이 언제나 넘어설 수 있는 것으로 남을 리는 없다. 다만 운이 좋아서 그 비극이 어떤 방식으로 아픔이 되었는지 되짚을 수 있는 사람은, 자신의 상처 이면에 담긴 의미를 이해할 수 있다.

그런 이유로, 비극과 아픔을 겪었다는 사실은 세상을 비관하게 하지 않는다. 오히려 그 비관에 반대하는 근거가 된다. 누군가 비극을 부정하면 우리는 그 모습을 보고 그 사람이 어떤 세계를 꿈꾸는지 알 수 있다. 가치를 분명하게 인식할 수 있을 때, 우리는 그 가치를 실현할 실마리를 발견한다. 전태일 열사가 노동자의 권리 앞에서 절망하고 분신자살을 했을 때, 우리는 한 사람의 비극을 목격했고 동시에 우리가 추구해야 할 가치가 무엇이었는지를 알 수 있었다. 그의 죽음이 없었더라면 더 좋았을 것이다. 비극의 윤리학이다. 그러나 우리는 그의 죽음을 보며 세계가 어떻게 변해야 하는지 알게 되었다. 비극의 의미론이다.

아픔이 없었으면 좋겠다고 말할 때, 우리는 그 아프지 말았어야 할 세상을 마음속에 그리고 있었던 것이다. 아픔이 세계를 드러낸다. 우리가 사는 세계는 비극 안에서 고통 받았던, 가치를 추구했던 사람을 적어도 한 명 이상 품고 있었다. 당신이 비극에 아파하는 사람이리면, 이 세상이 끔찍하다는 주장에 대한 반례가 당신을 포함해 적어도 하나 이상 존재한다는 이야기다.

슬픔은 종종 너무나 거대해서 한 사람을 완전히 무너뜨린다. 하지만 그 슬픔에 마음을 쓰고 함께 아파할 수 있는 사람은 무너진 사람을 보며 의미를 얻고 그들의 뒤를 이어갈 수 있다. 이건 여전히 남아 있는 의미의 가능성이고, 그 가능성은 부서지지 않는 희망이 된다. 세상을 비관하기에 당신은 이미 너무 슬프다.

✧ ✧ ✧
그럼에도 내일을 기약한다

"하나님은 신실하시며, 너희의 힘을 넘어서는 시련을 주지 않으
신다. 하나님은 또한 시련을 견딜 수 있도록 길을 마련해주신다."

_고린도서 10장 13절

나는 이 말이 헛소리라고 생각한다. 세상에는 재기 불능할 정
도의 시련이 얼마든지 있다. 하루아침에 뉴올리언스에 상륙한
허리케인은 수많은 생명을 앗아 갔다. 그리고 고인의 가족들은
지금도 상실 안에서 살아가고 있다. 이렇게 갑작스레 찾아오는
재앙을 어떻게 넘어설 수 있다고 단언하는 걸까. 그 안에서 사
람의 영혼이 어떻게 무너지는지 우리는 분명히 알고 있는데.

하지만 위의 구절은 지금도 여전히 사람들에게 읽힌다. 단지
신앙인들의 맹목성 때문일까? 우리는 이제 흑사병에 고통받지
않고 신생아의 사망률도 과거에 비해 아주 많이 감소했다. 기대
수명은 상상 이상으로 늘었고 사람들은 못 먹어서 죽지 않고 많
이 먹어서 죽는다. 지금과 비교해 한없이 열악했던 시대의 사람

들은 어째서 신이 넘어설 수 있는 만큼의 시련만 내려준다고 생각했을까. 한낱 위안과 희망을 얻기 위한 말이었을까?

나는 그렇지 않다고 생각한다. 긴 세월 동안 전해 내려온 구절은 저마다 인류의 지혜를 깊숙한 곳에 숨겨두고 있다. 심지어 신이 우리가 만들어낸 개념이라 할지라도, 그만큼 나는 신의 말 안에 우리 인간의 무의식 안에 담긴 사유의 흔적이 담겨 있다고 생각한다. 물론 저 말은 어떤 점에서 우리가 각자의 시련을 정말로 '신이 부여한 것'으로 믿을 때만 효력을 발휘한다. 시련을 신이 부여한 것으로 믿는다는 말은 하나님을 믿는다는 말과 다르다. 두 말을 같은 것으로 생각하며 문명 안에 파묻혀 있을 때 우리는 고린도서의 구절을 미신으로 치부하고 무시해버리고 만다. 그렇다면 신이 내린 시련이라는 말의 의미는 무엇일까. 그건 다음과 같아야 한다.

1) 내 시련은 절대적이다.
2) 내 시련은 오직 나만의 것이다.
3) 내 시련에는 신의 의도가 있다.

신이 내린 시련은 거부할 수 없다. 그건 이미 닥쳐온 것이고 내 통제를 벗어나 있다. 그런 점에서 시련은, 특히 나를 압도하는 시련은 분명히 신적이다. 나는 시련에 맞설 수 있을지 모르지만, 아예 시련을 없던 것으로 할 수는 없다. 없던 것으로 할 수 있는 일이란 백화점에서 산 옷가지를 환불하는 정도의 일에 불과하다. 우리는 그런 걸 시련이라고 말하지 않는다.

시련은 오직 나만의 것이다. 남에게 넘길 수 있다면 우리는 그걸 시련이라고 부르지 않는다. 내가 치러야 할 아주 어려운 시험을 다른 사람이 대신 봐줄 수 있거나 내가 풀지 못하는 문제를 다른 사람이 대신 풀어줄 수 있을 때, 그건 시련이 아니다. 자기를 향해 덮쳐 오는 절대적인 시련 앞에서 그걸 자신만의 것으로 이해할 때, 그건 신이 내린 시련이라고 할 수 있다.

시련은 절대적이면서도 오직 나를 향해 이뤄지므로 신의 의도 아래에 있다. 아마도 이게 문제가 된다. 신을 믿지 않는 사람은 단지 운이 없어서 시련이 닥쳐왔다고 생각한다. 이런 생각은 무차별한 절망과 무기력을 불러온다. "나는 잘못한 게 없다. 죄가 없는데 왜 이런 고통을 겪어야 하는가?" 이렇게 물을 때 우리는 시련을 이겨낼 의지조차 지워버린다. 이건 정당한 항변일지도 모른다. 하지만 그만큼, 시련 앞에서 세상을 원망하는 사람도 이미 시련의 의도성을 믿고 있다는 사실이 드러난다. 만약 세상에 아무런 질서가 없고 단지 우연으로만 시련이 발생한다면 원망을 할 필요가 없다.

그렇다면 우리는 시련의 의도를 파악해야 한다. 지금 이 시련은 내게 어떤 의미를 지니는가. 그걸 어떻게 견뎌낼 것인가. 모든 사람이 시련을 견뎌내지는 못한다. 하지만 자신의 의지로 시련을 이겨내는 사람은 그 시련 안에서 의미를 발견한다. 주어진 상황을 해석하고 자기가 가진 모든 걸 쥐어짜서 시련을 넘어설 방법을 강구하는 것이다. "나를 죽이지 않는 모든 건 나를 강하게 한다"라는 니체의 말은 이렇게 시련을 넘어서려는 이들을 위한 격언이다. 시련을 이겨내고자 하는 사람은 그 시련을 기회로 삼으려고 한다. 그리고 결국 시련을 이겨낸 사람은 그 힘든 시간이 자기에게 어떤 의미였는지, 그게 자기의 삶에서 어떤 맥락으로 자리를 잡았는지 서술할 수 있게 된다.

어쩌면 잔혹한 논리처럼 들릴지도 모른다. 시련이 모두를 위한 것이라고 말하는 건 기만처럼 보인다. 하루아침에 가족을 잃은 사람에게 그 또한 신의 의도라고 말할 수는 없다. 당연하게도 우리는 다른 사람에게 시련을 스스로 이겨내야 한다고 강요할 수 없다. 결국 시련을 감당해야 하는 사람은 당사자 그 자신이다. 그건 앞서 살펴본 시련의 정의 중 두 번째에 해당한다. 시련은 절대적이고 나만의 것이다.

이건 시련에 관한 형식적인 원칙이다. 시련에 빠진 사람을 자연스럽게 잘되도록 해주는 마법이 아니다. 이 해석을 믿을 뿐 아니라 실천하는 경지에 이른 사람은 죽음도 두려워하지 않는다. 이는 그 누구도 해내기 어려운 일이다. 《이방인》의 뫼르소처럼, 죽기 전날에 비로소 살아갈 생각을 어떻게 쉬이 할 수 있을까. 상실의 고통을 어떻게 쉬이 자신의 것으로 받아들일 수 있을까. 그러나 시련을 자신의 것으로 받아들이고 의미를 만들어낼 수 있는 사람은, 그걸 마치 신이 내린 것처럼 해석하고 기꺼이 이겨내고자 할 것이다.

시련이 닥쳤을 때 필요한 건 시간일지도 모른다. 받아들이고 이겨내는 데 필요한 시간. 그 시간 앞에서 우리는 번뇌하고 부정하고 도피하고 안락한 환상을 추구한다. 그조차 과정으로 여길 수 있다면, 우리는 내일을 기약할 수 있다.

✦ ✦ ✦
나는 당신의 안부가 궁금합니다

슬픈 결말도 행복한 결말도 책이 끝나고 난 뒤의 이야기는 말해주지 않는다. "오래오래 행복하게 살았답니다." 그 말이 없으면 불안하다. 우리는 작가에게 묻고 싶어 한다. "그들은 결말처럼 늘 행복하게 살아가나요?" 아니면 "그는 정말로 평생 쓸쓸하게 살아가나요?"

우리는 좋은 사례를 보면서 희망을 찾으려 한다. 그 까닭은 우리가 이야기 속 인물에 공감했기 때문이며, 그 인물과 자기 자신을 구별하지 않게 되었기 때문이다. 마치 그가 행복해야 자기도 행복해질 수 있을 것처럼. 그러니 이야기 속 당신은 행복해야 하며 이야기가 끝난 뒤에도 행복해야 한다.

그러나 우리는 안다. 이야기 속 삶과 내 삶은 아무런 상관이 없다. 아름다운 이야기는 삶이 아름다울 수 있음을 증명하지만, 내 삶이 아름다우리란 사실은 증명하지 않는다. 그러나 조바심이 나는 건 어쩔 수 없다. 그들의 삶이 무너지면 내 삶도 무너질 것 같아서, 한 가닥 가능성을 희망으로 두고 싶어서, 그러니 당신은 행복해야 한다.

아름답게 끝나는 모든 이야기와 상상에도 불구하고, 뒤돌아서면 그저 삶이 놓여 있을 따름이다. 그러니 더더욱 점치고 싶은 것이다. 이야기가 끝난 뒤에 주인공은 어떻게 살까. 미래를 알려줄 지침이 필요하다고 느낀다.

"잘 지내시나요. 당신은 어떻게 살고 있나요. 저는 어떻게 될까요. 제 삶은 이야기 속 당신의 삶과 닮아 있었습니다. 그래서 지금 당신의 안부가 궁금합니다."

하지만 소설 속의 당신은 반대로 내게 물을지 모른다.

"저도 당신의 미래가 궁금합니다. 저도 제 미래를 모르기 때문입니다. 그러니 당신이 행복해진다면 부디 말해주십시오. 그 안에서 살아낼 방법이 있다면, 계기가 있다면, 사연이 있다면 부디 제가 알게 해주십시오."

삶은 서로 비슷할 수 있지만 어느 하나가 다른 하나에게 그 이상의 걸 알려주지는 못한다. 각자의 삶은 각자의 방식대로 아름다울 가능성을 지닌다. 다른 사람이 사는 모습은 삶이라는 게 어떨 수 있을지를 가늠하는 하나의 근거가 될 뿐이다.

"어쩌면 저는 당신의 이야기가 궁금한 게 아니라 당신을 응원하고 싶었던 건지도 모릅니다. 그리고 그 응원은 곧 저 자신을 향한 것일지도 모릅니다. 그러니 힘내십시오. 저도 힘내겠습니다. 권태로운 삶과 아픈 체념을, 그러나 다시 짓는 쓸쓸한 미소를. 돌고 도는 계절을 기억합니다. 그 안에서 우리는 살아갑니다. 전 아직 죽지 않았습니다. 당신도 부디 잘 살아가기를 바랍니다."

이유 없이
내던져진 존재들

언제부터인가 우리는 보조 바퀴를 떼고 홀로 걸어왔다. 그전까지의 삶은 일정한 경로를 끊임없이 내게 먼저 알려줬다. 초등학교를 졸업하고 중학교에 들어간다. 중학교를 졸업하고 고등학교에 들어간다. 다시 대학에 가고 취직을 한다. 결혼을 하고 아이를 낳고 늙어간다. 하지만 그런 경로가 하나둘 사라지고 삶이 해체될수록, 우리를 지탱해주던 부모의 손길과 세속적 규범이 흐릿해진다. 그때 우리는 아무것도 하고 싶지 않은 무기력증에 시달린다.

적극적인 사람은 대체로 자기가 여러 일을 해야 한다고 생각한다. 개인의 욕구를 떠나 그 일을 자기만의 의무라고 보는 것이다. 어떤 사람은 그들에게 이렇게 말하곤 한다. "그건 꼭 네가 하지 않아도 되는 일이야. 다른 사람들도 있잖아." 하지만 그들은 일에 책임을 느끼고 오로지 자기가 나서야 좋든 나쁘든 결과가 나온다고 믿는다. 아무도 그 일을 대신해줄 수 없다. 그 일은 오직 자기만이 좌우할 수 있다.

'나만이 할 수 있는 일'은 어떤 방식으로든 나를 이끈다. 어떤 사람이 타인을 돕는 이유는 그를 불쌍하게 여기기 때문일 수도 있고, 자기가 소중하게 생각하는 사람이기 때문일 수도 있다. 연민이든 정의감이든 개인에 대한 사랑이든 무한한 인류애든 어떤 마음이 나를 이끌어야 한다. 그런 감정이나 기분에 이끌려 그 대상을 포기할 수 없을 때 우리는 책임을 느낀다.

스스로의 삶에 책임을 느낀다면, 그건 각자의 삶이 오직 나 자신의 손에 달려 있기 때문이다. 스스로 무언가 하지 않으면 아무 일도 일어나지 않는다. 어렸을 때는 내가 넘어졌을 때 나를 일으켜줄 사람들이 있었다. 하지만 그 손길이 하나둘 떠나간다. 결국 어느 순간부터는 넘어져도 스스로 털고 일어나야 한다. 그러지 않으면 계속해서 고꾸라진 채 평생을 보내는 수밖에 없다.

스스로 일으켜 세워야 하는 삶은 부정할 수 없는 방식으로 내게 들어서 있다. 자기 자신을 부정할 수는 없기 때문이다. 나는 이미 여기에 던져져 있다. 스스로 선택한 삶이든 선택하지 않은 삶이든 어쨌거나 나는 실존한다. 당장 내일 내 의지로 스스로 죽는다고 할지라도 이미 존재하는 삶을 부정할 수는 없다. 삶을 우선 긍정하고 난 뒤에야 그 삶을 다시 부정할 수 있다. 자기 삶에 책임이 있다는 말은 바로 이런 뜻이다. 부정할 수 없이 내맡겨진 삶은 오로지 자기 자신만이 좌지우지할 수 있다. 그걸 절실하게 깨달은 사람은 자신의 삶을 짊어지고 스스로를 책임진다.

삶을 스스로 책임지지 않고 방치하는 사람은 그 대가로 불안에 떤다. 불안은 어떤 방식으로든 내게 전해진다. 오로지 스스로 해야 할 일을 하지 않을 때 우리 안에서 스멀스멀 피어오르는 죄의식과 불안은 나를 부르고 있는 나 자신이다. 이를 대면하기는 어렵다. 어쩌면 당연한 일이다. 홀로 서야 하고 스스로 걸어가야 한다는 사실을 깨닫는 건 고독하고 힘들기 때문이다. 하지만 그만큼 나는 스스로 져야 할 책임을 이미 알고 있다. 그래서 벌벌 떨고 있었던 것이다.

홀로 방 한편에 누워 떨고 있는 사람, 또는 나 자신에게 우리는 어떤 말을 해줄 수 있을까. 물론 '자기 삶은 스스로 책임져야 한다'고 냉엄하게 이야기하는 건 정답이 아닐 테다. 그런 이야기는 사람을 더욱 움츠러들게 만든다. "아직은 괜찮아. 별거 아니란다." 먼저 이렇게 말해주는 게 나을지도 모른다. 보조 바퀴를 떼고 나아갈 수 있게 해주려면, 혼자서 발을 굴러야 한다고 말하기 전에 우선 그 자전거를 잡아줘야 한다. 불안에 맞서 스스로 걸어가는 개인으로 거듭나기 전까지, 아직은 서툰 그 사람이 걱정된다면 그들을 돕는 게 우리의 역할일지도 모른다. 그러고 나서 우리는 아픈 진실을 다시 마주해야 할 것이다. 결국 내 삶은 부정할 수 없는 방식으로 내게 스며 있고 오로지 나만이 내 삶을 일으켜 세울 수 있다는 사실 말이다.

✦ ✦ ✦
홀로 선다는 것

〈백종원의 골목식당〉에서 홍탁집 아들 편이 방영되었다. 그는 어머니를 도와 수년 동안 홍탁집을 함께 운영해왔지만 사실상 일을 제대로 해본 적이 없었고 그래서 아무것도 제대로 할 줄 몰랐다. 어머니는 계속 늙어가는데 그는 살아갈 준비 자체가 안되어 있었다. 사람들은 노력하지 않는 그의 모습이 한심해서, 그의 어머니가 불쌍해서 분노하는 마음으로 그에게 주목했을 것이다.

하지만 방송이 진행될수록 새로운 게 보였다. 사람들은 아마 두 가지 모순된 감정을 느꼈을 것이다. 노력하지 않는 인간의 몰락을 보고 싶어 하는 마음, 그리고 어머니와 아들의 삶이 지속되어야 한다는 바람이다. 그게 충돌한다. 어쨌건 홍탁집 아들 본인도 자신의 상황을 조금씩 깨달았다. 진정한 문제는 장사의 흥망성쇠가 아니다. 어머니가 사라졌을 때 자기가 스스로 일어서서 먹고살지 않으면 인생이 끝장난다는 사실이다. 이건 노력하지 않는 인간의 몰락이 정당하다는 우리의 생각에도 불구하고 모두에게 두려운 사실이다

노력하라고 과제를 내주는 백종원의 요구에 그는 힘차게 대답했다. "네, 할 수 있습니다. 네, 열심히 하겠습니다. 네, 연습하겠습니다." 하지만 노력하지 않았다. 그러면서도 불안해하지 않았다. 그 이유는 아마 우리도 얼마간 가지고 있는 희망 때문이다. '나는 노력하면 얼마든지 잘할 수 있다. 아마 내게는 내일이 있다. 시간은 얼마든지 있고 인생은 어떻게든 될 것이다.'

그러나 인생은 어떻게든 되지 않는다. 노력은 어렵다. 하루 종일 놀고 난 뒤에 무엇을 하나 새롭게 깨작거린다고 해서 인생이 확 바뀌지는 않는다. 노력은 피가 날 정도로 이뤄져야 한다. 어머니 없이 직접 닭볶음탕을 해보는 그의 이마에는 식은땀이 흘렀다. 손님 세 명이 오자 주문이 밀리고, 한 손님을 대하는 데 한

시간이나 흘러버렸다. 그는 그제야 깨달았다.

'이거 장난 아니다.'

삶이 장난이 아니라는 사실을 다른 사람의 삶을 보며 간접적으로 깨닫는 일은 그 자체로 불안하다. 내가 직접 무언가를 할 때 이 사실을 깨닫고 싶지 않아서, 우리는 가끔 나보다 더 노력하지 않는 자의 몰락을 보며 위안을 느끼고 싶어 한다. 하지만 삶이 그에게 장난이 아니듯, 사실 내 삶도 장난이 아니다. 그걸 깨닫는 순간 더 이상 백종원의 "노력할 수 있겠느냐"라는 질문에 제대로 대답하지 못한다. 나를 보살피던 어머니는 언젠가 사라질 테고, 나는 모든 걸 혼자서 해야 한다. 내 세계는 무너져 내린다. 한심하게 허비된 그동안의 삶이 너무나 저주스럽다. 그러나 이 생각을 아무리 되새겨도, 내일의 희망은 저절로 다가오지 않는다.

'내'가 해야 한다. 이건 깨달음이 아니다. 이유를 따지지 않고 아주 적극적으로 해야 하는 일이다. 하루의 불안과 눈물은 내 삶을 대신해줄 수 없다. 사람들은 그 순간 여러 약속을 하고 싶어 한다. 각서를 쓰고 다짐을 하고 다른 이에게 잘하는 모습을 보여준 뒤 순간순간의 칭찬을 듣고 싶어 한다. 하지만 그런 후에도 무언가를 해야만 하는 우리의 과제는 늙어 죽을 때까지 남는다.

홍탁집 아들의 삶에서 우리가 발견할 수 있는 건 없다. 그가 잘되든 잘되지 않든 그렇다. 그의 삶은 어떻게든 될 것이다. 하지만 어떻게든 될 수 있는 삶은 오로지 타인의 삶뿐이다. 내 삶은 어떻게든 되지 않는다. 어떻게든 되도록 하지 않으면 아무렇게나 된다. 나를 보호하는 것들은 언젠가 사라진다. 나는 나 자신을 홀로 지탱해야 할 뿐 아니라, 누군가의 보살핌을 받았듯 나도 누군가를 보살펴야 한다. 이건 매우 두려운 사실이다. 사람들이 이 점을 각자 깨닫는다면, 아마도 홍탁집 아들을 맹목적으로 비난하기보단 스스로의 삶을 다시 구성해보려 시도할 것이다.

잊지 말아야 할 것. 노력해보지 않은 인간, 무기력한 인간의 삶도 언젠가는 반드시 도전받는다. 그 순간은 반드시 온다. 삶을 일으켜 세우려면 대단한 노력과 꾸준한 관리가 필요하다. 내 삶을 감독해줄 의무는 누구에게도 없고, 누군가 나 대신 살아줄 수도 없다. 다른 사람이 삶은 우리에게 낙관적 전망도 비관적 전망도 던져주지 않는다. 우리는 각자의 터에서 각자의 방식으로 있을 뿐이다. 타인의 삶이 어떻건 우리가 알 수 있는 사실은 변하지 않는다. 나 자신은 나만이 일으켜 세울 수 있다.

마음 때문에 아픈 건 행운일지도 몰라

몇 년 전 어느 날 저녁, 사랑 때문에 아파서 우는 친구를 만났다. 나는 친구에게 술을 따르며 말했다.

"마음 때문에 마음이 아픈 건 행운일 거야."

어머니가 췌장암에 걸린 것도 아니고 아버지가 실직한 것도 아니고 수억 원짜리 사기를 당한 것도 아니라 단지 마음 때문에 마음이 아프다면, 그 아픔이 현실 속 어느 대단한 손실에서 온 게 아니고 단지 마음의 상실에서 왔다면, 그건 조금이나마 낙관적인 상황이기 때문이다. 내 실연을 대신해 부모의 죽음이나 수억 원의 재산 손실을 선택할 사람은 이 세상에 없을 것이다. 마음의 문제와 현실의 문제는 다르다.

아프니까 청춘이라는 호언장담에 분노하는 청춘은, 마음 때문에 마음이 아픈 사람이 아니라 이 현실을 고되게 살아가는, 현실 때문에 마음이 아픈 사람일 것이다. 그들은 사랑의 상실이 아니라 취업 문제와 비정규직 문제, 최저 임금 문제와 씨름하며 살아간다. 그래서 아프니까 청춘이라는 말이 같잖은 것이다. 이는 마음의 문제가 아니라 사회의 문제고, 그 사회 문제를 청춘들 개인의 마음 문제로 다뤄서는 안 된다.

마음 때문에 마음이 아픈 게 차라리 행운이라는 말은 이런 맥락에서 나온 위로였다. 대학교 2학년 어느 무렵에 있던 우리는, 아직 취업의 문제나 현실의 고단함에 직면하지 않았기 때문이다. 사랑하는 사람과의 이별만으로 아프다는 건 그래서 행운이다. 그렇다면 그 낭만적인 아픔을 가지고 살아라. 지금 겪고 있는 삶의 문제가 현실의 학점이 아니라 단지 그 마음이라면, 그렇다면 아픔이 사라질 때까지 술이나 마시자. 술을 마시며 허송세월할 수 있는 시기에 단지 마음으로만 아프다는 게 행운이 아니면 뭐겠니. 나는 그렇게 말하며 술을 따라줬다.

하지만 여기서 더 심층적으로 들어가야 할 것 같다. 사랑에 관한 문제 같은 건 먹고사는 문제보다 덜 중요한 문제로 치부되기 십상이지만, 나는 그게 부당하다고 생각한다. 사랑하는 사람이 실연을 당해서 느끼는 상실은, 앞으로는 보고 싶어도 볼 수 없으리라는 단순한 비관이 아니다. 그건 영영 의지할 수 있다고 믿었던 내 반쪽이 사라지고 한순간에 서로 남이 되어버렸다는 충격이다. 그런 충격은 연쇄 반응을 일으킨다. 어떤 사람은 사랑하다가 상처받은 뒤 어머니와 아버지에게 전화를 건다. 그리고 새로운 사실을 알게 된다. 어쩌다가 한 번 연락을 할 정도로 나는 부모님에게 소홀했지만, 그들은 언제나 말없이 나를 지지해주곤 했다.

그렇게 삶을 살아가다가 어느 날 깨닫는다. 가장 소중하다고 믿었던 사람이 순식간에 내 곁을 떠났듯, 어머니와 아버지도 언젠가 내 곁을 떠나리라는 사실을 알게 된다. 예전에는 모든 걸 다 아는 것처럼 보였던 그들도, 점점 나보다 모르는 게 많아진다. 새로운 것들에 더디게 적응한다는 걸 깨닫는다. 점점 자글자글해지는 손과 늘어나는 흰머리. 나를 보살피던 그들과의 인연은, 내가 처음 이 세상에 태어나면서부터 시작된 이별의 과정이다.

삶은 장난이 아니다. 가장 소중하며 중요하다고 생각했던 것들을, 끄떡없을 거라 생각했던 안락한 공간을 순식간에 앗아 간다. 소년과 소녀는 이 사실을 청춘이라는 시기에 하나씩 배워간다. 바로 그게 《데미안》에서 싱클레어가 겪었던 세상이 파괴되는 경험이고 불안의 본질이다. 익숙한 게 무너지고 흩어져서 내 모든 피부에 서걱서걱 상처를 남긴다. 그렇게 어른이 된다.

아프니까 청춘이라는 말은, 사회에 나가 벌어먹고 사는 이야기 이전의 아픔에 관한 조언이다. 여기서 말하는 아픔이란 아무리 풍족하고 모든 게 순탄해도 만나게 되는 수많은 작별과 불시의 재해다. 사회 및 제도, 구조의 문제를 '청춘의 고통'이라는 말로 단순화하면 안 되듯이, 사회 및 제도, 구조의 문제가 해결되면 인간 본연의 불안이 사라지리라는 믿음 역시도 환상에 불과하다.

이런 아픔을 달래려면 어른의 이야기가 필요하다. 어머니, 아버지, 할머니, 할아버지, 선생님, 또는 친한 동네 형과 아는 언니 등등. 세상의 수많은 어른은, 너무나 분명해서 차라리 외면해버리고 싶은 고통을 나보다 먼저 겪어왔다. 아이의 지갑을 두둑하게 채워주고 정치인이 되어 새로운 경제 정책을 펼쳐주지는 못해도, "그래, 나도 그랬단다, 나도 힘들었단다"라고 이야기해줄 수 있다. 인간의 성숙은 '유학 성공 100프로의 길, 주식으로 부자되기' 같은 비법을 전수함으로써 이뤄지지 않는다. 마음 때문에 마음이 아픈 아이들에게 자신의 말을 진심으로 전하는 것으로 완성된다.

그리고 난 뒤에, 모두가 한 번쯤 스스로 물었을 물음 하나.

"나는 할 수 있을까요?"

불안한 마음을 털어놓고 기댈 만한 사람은 살아가면 살아갈수록 사라진다. 나는 내 주변의 어른들이 완전히 사라지기 전에, 지금의 나처럼 불안해하는 아이들의 마음에 내답해줄 수 있는 어른이 될 수 있을까.

✧ ✧ ✧
우리는 왜 다 괜찮을 거라 말할까

우리는 괴로워하는 사람에게 괜찮다고, 별일 아니라고, 다 잘될 거라고 말해준다. 당사자에게는 그게 정말로 심각한 문제일 수 있는데 말이다. 이를테면 누군가 연인과 헤어졌을 때, 그 여자 별거 아니고 세상에 여자는 많다고 말해준다. 그 남자는 좋은 사람이 아니었고 너는 그보다 훨씬 나은 사람이라고 말해준다. 연인을 잃었다고 세상이 무너지는 게 아니며 너는 여전히 잘 살 거라고 말해주는 것이다. 그 말을 뒤집으면, 실연에 아파하는 사람은 그렇게 믿지 않고 있었다는 뜻이 된다. 그 사람이 없으면 세상이 무너지고 자신의 삶이 안전하지 않으리라는 생각이다.

누구나 다 안다. 원래 남이었던 사람 한 명쯤이야 내 곁을 떠나가도 사실 밥 먹는 데에는 아무런 지장이 없다. 여전히 나는 책을 읽고 더하기 빼기를 할 수 있다. 공과금을 낼 수 있고 직장에 가는 지하철을 탈 수 있다. 내 생명은 위협받지 않는다. 하지만 정말로 불안에 떨 때, 우리는 밥을 못 넘기고 숫자를 셈하지도 못하며 공과금을 밀리고 직장에 나갈 동기를 잃는다. 왜 그럴까? 왜 불안에 떨까? 왜 상실감에 몸서리를 칠까? 우리는 생물학적 목숨과 별개로 마음속에 자기만의 세계를 쌓아 올리며,

어떤 때는 그 세계가 무너져 내리는 경험을 목숨을 잃는 것보다 두려워하기 때문이다.

괴로움과 불안에 떠는 사람에게 그 모든 문제가 별거 아니라고 말하는 이유는, 그 사람이 자신의 세계를 잃고 결국엔 자신의 삶조차 소홀히 하지는 않을까 걱정스럽기 때문이다.

자신의 괴로움을 심각하게 받아들이는 사람은 자기가 목숨보다 더 소중한 걸 잃었다고 생각한다. 그런 점에서 불안에 떠는 인간은 결국 자신의 세계와 삶 앞에서 불안을 느끼는 셈이다. 심장은 여전히 뛰지만 영혼은 더 이상 살지 못할 것 같다. 으스스한 기분이 엄습한다. 괜찮다는 말은 그 사람의 존재 자체에서 슬픔을 떼어놓기 위한 우리의 노력이다.

"슬픔은 여전히 슬픔으로 남아 있지만, 그게 네 삶을 무너뜨릴 만한 건 아냐. 괜찮아. 죽지 마."

가끔은 괜찮다고 말하기조차 어려운 순간도 있다. 아이를 잃은 부모에게 우리는 괜찮다고 말할 수가 없다. 그 슬픔은 그 사람의 존재와 직결되기 때문이다. 부모 입장에서 아이를 잃는 건 자신의 삶을 잃는 것과 같다. 함부로 말을 꺼냈다간 그들의 저항에 부딪힌다. 그래서 우리는 공감한다. 사실 그 눈물 앞에서는 공감할 수밖에 없다. 따라 운다.

하지만 모든 눈물을 따라 흘려준 다음에, 우리는 여전히 괜찮다고 말해주고 싶다. 산 사람은 살아야 하기 때문이다. 결국 그 거대한 슬픔이 삶을 좌우해서는 안 된다고 믿기 때문이다. 여전히 살아주기를 바라기 때문이다. 그 슬픔을 사소하게 여겨서가 아니라, 우리 자신을 위해서라도 그들이 살기를 바란다. 안다. 얼마나 슬픈지 안다. 슬픔이 가시지 않으리라는 사실도 안다. 그러나 나를 위해서라도 힘을 내주기 바란다.

우리는 종종 타인의 존재를 자기 자신의 존재로 받아들인다. 타인의 부재를 자기 자신의 부재로 받아들인다. 각각의 존재는 결국 서로 연결되어 있다. 우리는 그런 방식으로 기분을 전염시키고 동시에 타인의 존재를 수호한다. 그래서 부러진다. 어떤 슬픔은 필연처럼 다가와 마음을 짓누른다. 그를 사랑하는 사람은 그 모습을 보고 함께 불안에 젖는다. 그래서 우리는 타인을 다시 일으켜 세우기 위해 노력한다. 그러니 다 괜찮다. 불안해하지 마라. 그까짓 거 별것도 아니다. 너는 여전히 너 자신이다.

그렇게 말해보다가, 같이 주저앉아서 조금 함께 쉬기로 했다.

이겨내지 말고
살아내자

불안은 지나고 나면 아무것도 아닌 게 된다. 하이데거는 이게 불안의 주된 특성이라고 말했다. 누군가와 이별하고 홀로 사는 데 불안을 느끼던 사람이 어느덧 홀로 서는 방법을 배운다. 그러고 나서 이전의 불안이 아무것도 아니었다고 말한다. 그는 정말로 그렇게 믿는다. 어떤 이는 수능을 망치고 자신의 삶이 비참해지지 않을까 불안해한다. 하지만 나중에 제3의 길을 스스로 개척한 뒤엔 그 일이 아무것도 아니었다고 말할 수 있다.

이런 현상은 우리가 삶 속에서 성장할 때 불안이 어떤 역할을 하는지를 드러낸다. "지나고 보니 아무것도 아니었다"라는 말은 과거의 일이 더 이상 자기 존재를 위협하지 않는다는 뜻이다. 하지만 이게 곧 불안이 사라졌다는 뜻은 아니다. 불안을 느끼는 대상이 바뀌었을 뿐, 우리는 여전히 불안을 느낀다. 무언가를 넘어선 사람은 이제 다른 과제를 앞에 두고 불안해하며 나아간다.

성숙이란 이렇듯 크고 작은 일상 속 불안을 없애고 진정한 불안을 향해 나아가는 과정이다. 바로 거기에서 자기 자신의 고유한 가능성이 드러난다. 내 미래가 불안해 보이는 이유는, 혼자서 무언가를 하지 않으면 아무것도 달라지지 않으리라는 걸 알기 때문이다. 내가 손끝 하나 움직이지 않으면 나는 티끌만큼도 변하지 않는다. 그러니 우리는 자신의 삶을 직접 책임지고 짊어져 나가는 수밖에 없다. 그게 바로 불안 속에서 완성되는 성숙이다.

가족을 지키는 가장의 책임은 누가 시켜서 지는 의무가 아니라 자기 스스로 느끼는 책임이다. 내가 하지 않으면 아무 일도 일어나지 않는다. 내가 가족을 지키지 않으면 아무도 나를 대신해서 가족을 지켜주지 않는다. 토끼 같은 자식을 위해 아버지와 어머니는 스스로 책임을 지고 인생을 살았다. 그 책임을 다하지 못하면 불안해진다. 그래서 무언가를 해내야 하는 것이다. 예술가는 창조를 하는 데 아무런 지침도 주어지지 않는다는 사실에 불안을 느낀다. 그가 긋는 붓질 한 획이 그의 미래를 결정할 것이다. 예전에는 의지할 사람이 있었고 뚜렷한 규범과 지침이 있어 그저 따르기만 해도 괜찮았다. 하지만 언젠가 나는 홀로 서야 한다. 학교나 가정에서 배우지 않은 한계 상황과 예외 상황이 나를 덮친다. 그러면 내가 알던 모든 친숙한 가능성이 사라지고 오로지 나 자신의 고유한 가능성에 기대야 한다. 바로 그게 진정한 의미의 불안이다. 일상의 세계가 무너져 내리고 나는 오로지 내 몸에 의탁해 나아가는 수밖에 없다.

불안은 사라지지 않는다. 뒤로 물러설 뿐이다. 불안을 끝까지 이겨내고 미루다 보면 결국 나 자신의 존재가 보인다. 나는 나 자신이 더 이상 가능하지 못할까 봐 불안해한다. 그걸 가능하게 할 수 있는 건 나뿐이다. 그래서 스스로 움직인다. 나 자신의 고유한 가능성을 위해 나아간다. 그게 바로 일상 속 모든 불안을 제거한 뒤에도 여전히 마주해야 할 불안이다.

❖ ❖ ❖
나를 망치는 나의 구원자

생각하기를 멈출 때, 나는 끝장난다. 생각이 물밀듯이 들어와야 하고, 끊임없이 무언가를 읽고 공부해야 한다. 하지만 그게 쉽지 않다. 중요한 생각과 중요하지 않은 생각을 구별하고, 중요한 읽을거리와 중요하지 않은 읽을거리를 구별해야 한다. 괴로운 건 그 와중에 내가 하나도 중요하지 않은 것들에 주의를 빼앗긴다는 점이다. 스스로를 조이고 통제하는 건 정말로 어렵다.

중요한 일을 해내는 건 어렵다. 하지만 사소한 일을 해내는 것도 만만찮게 어렵다. 책을 한 권 읽고 소화하는 게 어렵다는 사실을 알지만 쓸데없이 과음하고 자신의 몸을 돌보지 않는 삶이 나를 더욱 괴롭게 한다. 별것 아닌 걸 지나치게 별것 아닌 것처럼 여긴다. 다이어트를 하려면 그냥 덜 먹으면 되는데 그러지 않는다. 그러다 보면 정말로 어려운 일은 그냥 저 뒷전으로 밀려나는 것이다. 끊임없이 마음을 쓰고 처절하게 노력하다 말라비틀어지는 사람이 정말로 무엇에 힘을 쓰는지 우리는 분명히 알고 있어야 한다. 금욕적으로 사는 사람은 금욕의 가치가 위대해서 그렇게 사는 게 아니라, 침 삼키는 것조차 잊고 몰입하는 게 무엇인지 알기 때문에 그렇게 사는 걸 테다.

불안이 엄습한다. 나는 불안과 직면할 수밖에 없다. 더욱 훌륭하게 살려면 도대체 어떻게 해야 할까. 규칙적으로 생활하고 어쩌면 잠을 더 줄여야 한다. 하지만 그런 실천 몇 개로 훌륭한 삶이 이뤄지리라 희망해서도 안 된다. 또한 쓸데없이 낭비하는 삶 자체를 더욱더 괴로울 정도로 소박하게 만들어야 한다.

더 책임을 느끼고 무언가에 지독하게 매달려야 한다. 생각하기를 멈추지 마라. 더 집착하며 살아라. 우리는 계속해서 도망치려 한다. 하지만 그보다 앞서 나아가야 한다.

《데미안》에서 싱클레어는 불안에 떨면서 하루하루를 살아내는 여정을 보여줬다. 우리는 싱클레어를 보며 그 여정을 우리도 직접 겪어야 한다는 사실에 불안을 느낀다. 또한 싱클레어가 그 여정 끝에 새로운 인간으로 거듭났다는 사실에서 희망을 본다. 하지만 정말로 거대한 불안은 싱클레어에게 데미안이 있었다는 사실이다. 내게는 평생을 걸쳐서 나를 도와줄 사람이 없을 것이다. 데미안을 만나지 못한 사람은 스스로를 지탱하지 못하고 불안 속에서 죽어버릴지도 모른다. 그러지 않으리란 법이 세상에 없다는 생각이 들 때 우리는 진정한 불안을 마주한다. 정말로 으스스한 불안이다. 그런 자기 자신을 어떻게 할 수 있는 건 오직 자신뿐이다. 아무도 나를 구원해주지 않는다. 나는 언제라도 끝장날 수 있다.

하지만 바로 그렇기에 우리는 마주하는 수밖에 없다. 바쁘게 무언가를 하고, 살기 위해 발버둥 치는 수밖에 없다. 우리는 불안을 누리며 인간이 되어야 한다.

✦ ✦ ✦
가장 듣고 싶었던 말

나는 영원한 마음의 평온을 믿지 않는다. 변함없는 마음, 다시 말해 항심恒心을 믿지 않는다. 마음은 늘 상황에 따라 바뀌기 때문이다. 한 사람의 불안은 제각각으로 찾아오지만, 그가 속한 세대가 가진 불안이라는 게 있고 역사가 가진 불안이라는 게 있다. 세대와 역사는 분명히 어떤 상황과 관련되어 있으며, 집단이 놓인 그 유사한 상황이 유사한 감정을 공유하도록 한다. 그 안에서 밀려들어 오는 불안은 헤어날 수 없는 것처럼 보인다. 상황이 바뀌지 않는다면 우리는 영영 불안하고 괴로울 것이다.

친구와 함께 나누는 멍청한 소리와 술 한잔, 사랑하는 사람의 포옹과 위로, 응원의 말. 그 안에서 우리는 답을 찾았다고 말하지만 세계는 변하지 않고 우리의 마음은 오히려 환멸을 만나 더욱 나락으로 빠져든다. 어느 순간 불안으로부터 도망치기 위해 현실을 방치하고 알코올 중독으로 치닫는 삶이 있고, 사랑한다는 말로도 위로가 되지 않는 순간은 반드시 온다. 가까이에서 보면 모두들 시시각각으로 변하는 감정을 지닌 채 살아남기 위해서 허우적거리며 발버둥을 치고 있다. 그러나 멀리서 보면 거대한 불안 안에서 몸부림도 무엇도 없이 잠겨 있는 모습만 보일 뿐이다.

그 안에서 나는 영원한 마음의 평온이라는 걸 발견할 수 없을 것 같다. 부정하지는 말자. 우리를 살게 했던 아주 특수한 상황과 순간의 마음이 있었다. 절망에 잠겨 있을 때 거짓말처럼 울리던 전화벨 소리라든지, 세상이 재미없고 스스로 모든 걸 다 겪어봤다고 믿었을 때 내게 손을 내밀던 사람이라든지 하는 것들. 그 마음은 모두 일회용에 불과했고 그 효과는 오래가지 않았지만, 적어도 그 하루를, 일주일을, 한 달을 살게 해줬다. 그럼에도 마음의 평온이라는 걸 인생의 최종 목적으로 삼는 순간, 우리의 목적은 좌초하고 말 것이다.

왜냐하면 우리는 마음의 평온을 잃지 않으면 안 될 순간을 만나기 때문이다. 우리는 종종 인간이 되기 위해 울었다. 사랑하는 사람과 작별할 때 아픔을 느끼면서 그게 사랑이란 걸 알았다. 그리고 사랑을 알기에 우리가 인간이라는 걸 알았다. 아프지 않은 인간, 언제나 평온한 인간이 된다는 건, 완전한 인간이 되고자 하는 시도이면서 동시에 인간이 되지 않는 걸 목표로 하는 것이다. 인간이 되지 않을 수 있는 인간은 없다. 우리는 어느 순간엔가 반드시 인간이 되고 또 되어야 한다고 느낀다. 그 안에서 마음의 평온이 영원히 자리 잡을 공간은 없다.

그러고 나서도 여전히 흔들리는 마음, 괴로움과 그리움, 외로움 같은 마음이 우리를 엄습한다. 마음의 평온을 버리고 나서 우리가 쥘 수 있는 건 무엇일까. 마음을 어쩔 수는 없다고 인정하더라도, 여전히 흔들리는 내 마음이 삶을 가로막는다. 만약 우리의 모든 마음이 우리를 살지 못하게 해도, 우리의 선택지에 죽음은 없어야 한다. 정말로? 마음이 우리를 살도록 하지 않는데 우리가 왜 죽지 말아야 한다는 말일까. 바로 그 순간에 아무런 이유가 없어도 나 자신을 스스로 책임져야 한다는 그 무엇, 우리는 그걸 쥐어야 한다.

누군가는 그걸 생명 그 자체라 부르고, 누군가는 위대한 주체성이라고 부른다. 더 구체적으로는, 식욕이 없어도 쌀을 물에 씻는 그 행위이며, 살기 싫어하는 우울의 마음을 가라앉히기 위해 약이 담긴 서랍장으로 힘겹게 손을 옮기는 그 행위다. 최후의 순간에 우리가 쥐어야 하는 그 무엇은, 종종 나 자신에 대한 연민이며 우리가 마지막에 할 수 있는 반항이다. 죽을 때 죽더라도 반항하면서 죽겠다는 그 마음으로 우리가 할 수 있는 최소한의 그 동작을 할 수 있다면, 그때는 가장 외로운 날에 전화벨이 울리지 않아도 살아낼 수 있다.

눈을 감고 들숨과 날숨을 느낀다. 나는 이미 여기에 있다. 온갖 종류의 감정과 함께 여기에 있다. 그걸 어딘가에 써서 내보이거나 남에게 이해시키기 전에, 내가 먼저 나를 이해해야 한다. 우선 그 감정과 함께 지내는 것이다. 그 끝에 어떤 초월한 인간이 서 있으리라 기대하지는 말자. 우리는 우리가 할 수 있는 범위 안에서 최선의 인간이 될 수 있을 뿐이다. 그보다 나는 바로 그 '나 자신'이 되어야 한다. 마음의 평온을 버린다. 그때만 찾아오는 평온보다 더 깊은 잔잔함이 있다. 마음의 폭풍우를 뚫고 그 어떤 바람도 없는 심연으로 잠수한다. 정말 아무것도 없고, 그 어떤 즐거움이나 명령이 없어도 살아지도록 하는 무엇, 그건 오로지 나 스스로였다. 내가 살아야 한다. 내가 살지 않으면 그 무엇도 나를 대신 살아주지 않는 순간. 그건 종종 가장 거대한 불안 속에서 모든 게 사라지고 난 뒤에 드러났다. 그런 뒤에 단 하루를 살더라도, 그건 내가 내 힘으로 살아낸 하루였을 것이다.

할 수 있지 않을까. 누구나 할 수 있지 않을까. 다른 사람이 대신 해줄 수 없고 아주 어려운 일이지만, 누구나 할 수 있는 일이었다. 항심을 이제는 힝생恒生이 이길이라. 싦을 연정하면 괴로움의 총량이 늘어나지만, 그 안에는 놓칠 수 없는 드라마 한 편부터 평생 함께하고 싶은 사람과의 만남까지 모든 게 극적으로 놓일 수 있다.

나는 사실을 말하는 듯하지만, 이게 정말 사실일 뿐이라면 아무런 의미가 없다. 나는 실은 간청하고 있는 것이다.

부디 살아주기를 바란다.

내가 나를 놓아주지 않더라도

작년, 어머니의 머리에 뇌종양이 생겼다는 소식을 들었다. 언젠가 어른이 되고 당신들도 천천히 늙어갈 것이라는 희망만이 나를 희미하게 지탱하고 있던 때, 나는 성급하게 어른이 되어야 한다는 생각을 하게 되었다. 동시에 내 삶에는 그동안 느껴보지 못했던 불안이 엄습했다. 내가 생각하던 어른은 언젠가 저 미래에 천천히 거듭나는, 그런 어른이었다. 하지만 그제야 현실을 실감했다. 뭐라도 하지 않으면 아무것도 되지 않으리라는 불안감, 무엇을 하려고 아무리 애쓰더라도 내가 사랑했던 것들은 곧 사라진다는 사실. 친구들과 술을 마시고, 사랑하는 사람에게 선물하고 포옹하며, 다 같이 모여 생일을 축하한다. 그렇게 일상을 보내다 보면 삶은 그리 괴로운 게 아닐지도 모른다고 믿었다. 그러나 그 모든 세계가 조각나 내 주변에 떨어지는 것 같았다. 그 모든 게 사라지고, 나는 내 삶에 홀로 놓여 있었다.

이날의 경험은 내 모든 삶을 통째로 복습하는 계기가 되었다. 나는 늘 삶을 살아내는 방법에 대해 글을 쓰곤 했다. 사는 건 힘들다. 카뮈가 말했듯, 우리는 앓으면서 살아낸다. 삶에 끌려다닐 수는 없다. 우리는 살아지는 게 아니라 살아내야만 하는 것이다. 하지만 불안이 엄습하는 인생 실전에서, 이 모든 말은 무의미하게 느껴졌다. 오히려 나는 더욱 도망치고 싶은 마음에 시달렸다. 차라리 영원한 잠에 빠져드는 게 낫겠다고 생각했다. 하루 종일 아무 짓도 하지 않고 침대에 누워 휴대폰을 만지다가 저녁이 되면 술을 마시며 삶을 소비하고 싶었다. 하지만 그런 나를 스스로 일으켜 세워야 한다는 요구가 내 안에서 강렬하게 나를 부르고 있었다.

주변 친구들을 둘러보았다. 우리 세대는 불확실한 미래 앞에서 불안에 떨고 있었다. 대학교 때 신나게 웃고 떠들던 그 자신감 넘치던 모습이 조금씩 사라지고 있었다. 그 가운데 묘한 염

세주의와 비관론, 그리고 무기력한 마음이 일렁였다. 나는 어머니를 보러 병원에 가고 대학원에서 학업을 이어가야 했다. 그 모든 걸 끈질기게 지탱하려 할수록, 오히려 아무것도 하고 싶지 않았다. 많은 사람이 크고 작은 문제 앞에서 이렇게 살아가며 좌절하고 흔들린다.

갑자기 닥쳐온 불안은, 자신의 삶을 마주 보라고 요구한다. 그러나 무기력한 사람에게 이런 요구는 무섭고 마주하기 힘든 진실이다. 나는 이 진실을 사람들 앞에 먼저 내보이지 않는 게 좋겠다고 생각했다. 왜냐하면 그 진실 앞에서 온몸이 마비되는 듯했고, 또 그 무엇도 할 수 없으리라는 비관에 시달렸기 때문이다. 그럴 때 나는 내가 도대체 언제 웃고 떠들었는지, 그 안에서 즐겁게 보였던 한 사람의 개성이라는 게 도대체 어떠한 모습이었는지를 생각했다. 그건 종종 우리를 엄습하는 불안 앞에서 더 깊숙한 곳까지 숨어버린다. 세상은 비극적이고 힘든 것으로 변하고, 또 많은 것들과 사랑하고 이별하는 동안 마음은 상처 입은 채로 남는다. 그렇다면, 즐거웠던 날의 나는 어디로 가버렸을까.

그해 봄 어머니는 테니스공만 한 뇌종양을 무사히 제거하고 퇴원했다. 세상이 내게 준 하나의 기회라는 생각이 들었다. 하지만 그 이후에도 바뀌는 건 없었다. 나는 오직 내가 걷는 대로

만 나아가고, 내가 멈추는 대로만 멈춰 있었다.

우리는 결국 삶을 스스로 짊어져야 한다. 하지만 그 전에 나 자신을 먼저 찾아보자. 내가 여기서 하고자 했던 이야기는 위로도, 공감도 아니다. 그건 이미 불안이라는 걸 겪어본 우리 모두가 공유하는 것이다. 나도 이 삶 앞에서 벌벌 떨고 나 자신을 찾으며 한 걸음씩 걸어가고 있다. 나는 응원을, 다만 설득력 있고 이미 너무나도 사실인 그런 응원을 하고 싶었다. 나도 함께 걷고 있다. 걸어나갈 수 있는 이유는 분명히 있다. 나는 그게 왜 사실이고, 또 당신이 왜 걸어나갈 수 있는지를 천천히 이야기해주고 싶었다. 내가 이 이야기를 할 수 있는 이유는 이 책에 쓰인 내 말이 스스로 가장 힘들고 외로웠던 날에 가장 듣고 싶었던 말이었기 때문이다. 이제 그렇게 모든 이야기를 나누었으니, 우리가 다시 각자의 삶을 나눠 가지고 그 삶으로 돌아가 걸어갈 수 있기를 기도한다.

내가 내 마음대로 안 돼

초판 1쇄 인쇄 2019년 11월 19일
초판 1쇄 발행 2019년 11월 27일

지은이 한기하
펴낸이 김상흔

책임편집 강귀욱
펴낸곳 도서출판 흔
출판등록 2018년 5월 16일 제406-2018-000055호
주소 서울시 마포구 양화로 26 702호
전화 010-4765-1556
이메일 tkdgms17@naver.com
출력·인쇄 상지사P&B

ISBN 979-11-90474-00-9 (03810)